U0725771

开普勒62号

——重返地球——

[芬兰] 提莫·帕维拉　著

[芬兰] 帕西·皮特卡能　绘

冷聿涵　译

GUANGXI NORMAL UNIVERSITY PRESS

广西师范大学出版社

·桂林·

CHONGFAN DIQIU
重返地球

出版统筹：汤文辉　　　　　责任编辑：戚　浩
品牌总监：李茂军　　　　　助理编辑：纪平平
选题策划：李茂军　戚　浩　美术编辑：刘淑媛
版权联络：郭晓晨　张立飞　营销编辑：李倩雯　赵　迪
责任技编：郭　鹏

Text © Timo Parvela 2020
Illustrations © Pasi Pitkänen 2020
Complete Work © Timo Parvela, Pasi Pitkänen and WSOY, 2020
Layout Design: Pasi Pitkänen
First published in Finnish with the original title Kepler62 – Uusi maailma: Gaia by
Werner Söderström Ltd in 2020.
Published in the Simplified Chinese language by arrangement with Bonnier Rights,
Helsinki, Finland, and Chapter3 Culture (Beijing) Co. Ltd.
本作品简体中文专有出版权经由 Chapter Three Culture 独家授权。

著作权合同登记号桂图登字：20-2023-007 号

图书在版编目（CIP）数据

重返地球 /（芬）提莫·帕维拉著；（芬）帕西·皮特卡能绘；
冷聿涵译. --桂林：广西师范大学出版社，2023.5
　　（开普勒 62 号）
　　ISBN 978-7-5598-5894-8

　　Ⅰ. ①重… Ⅱ. ①提… ②帕… ③冷… Ⅲ. ①儿童小说－
幻想小说－芬兰－现代 Ⅳ. ①I531.84

　　中国国家版本馆 CIP 数据核字（2023）第 044858 号

广西师范大学出版社出版发行
（广西桂林市五里店路 9 号　邮政编码：541004）
（网址：http://www.bbtpress.com）
出版人：黄轩庄
全国新华书店经销
北京尚唐印刷包装有限公司印刷
（北京市顺义区马坡镇聚源中路 10 号院 1 号楼 1 层　邮政编码：101399）
开本：880 mm × 1 240 mm　1/32
印张：7.25　　　字数：120 千
2023 年 5 月第 1 版　　2023 年 5 月第 1 次印刷
定价：48.00 元

如发现印装质量问题，影响阅读，请与出版社发行部门联系调换。

开普勒62号

重返地球

巨大的宇宙飞船·

·X的藏身之处
·洞穴

玛丽的营地·

平塔号
·圣玛利亚号
·原营地

·阿里和乔尼的村庄

800m x 800m

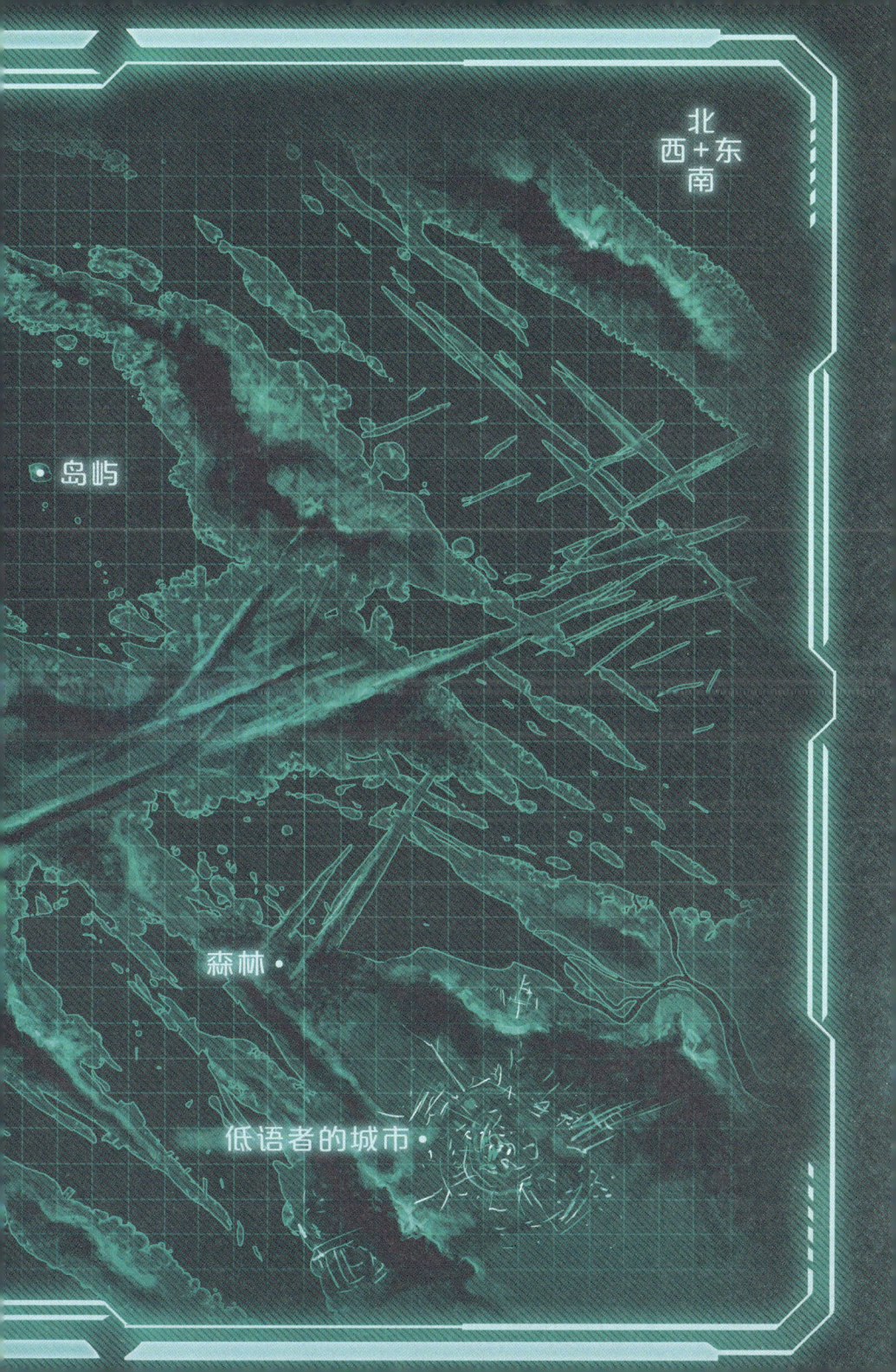

北
西 ＋ 东
南

● 岛屿

森林 ●

低语者的城市 ●

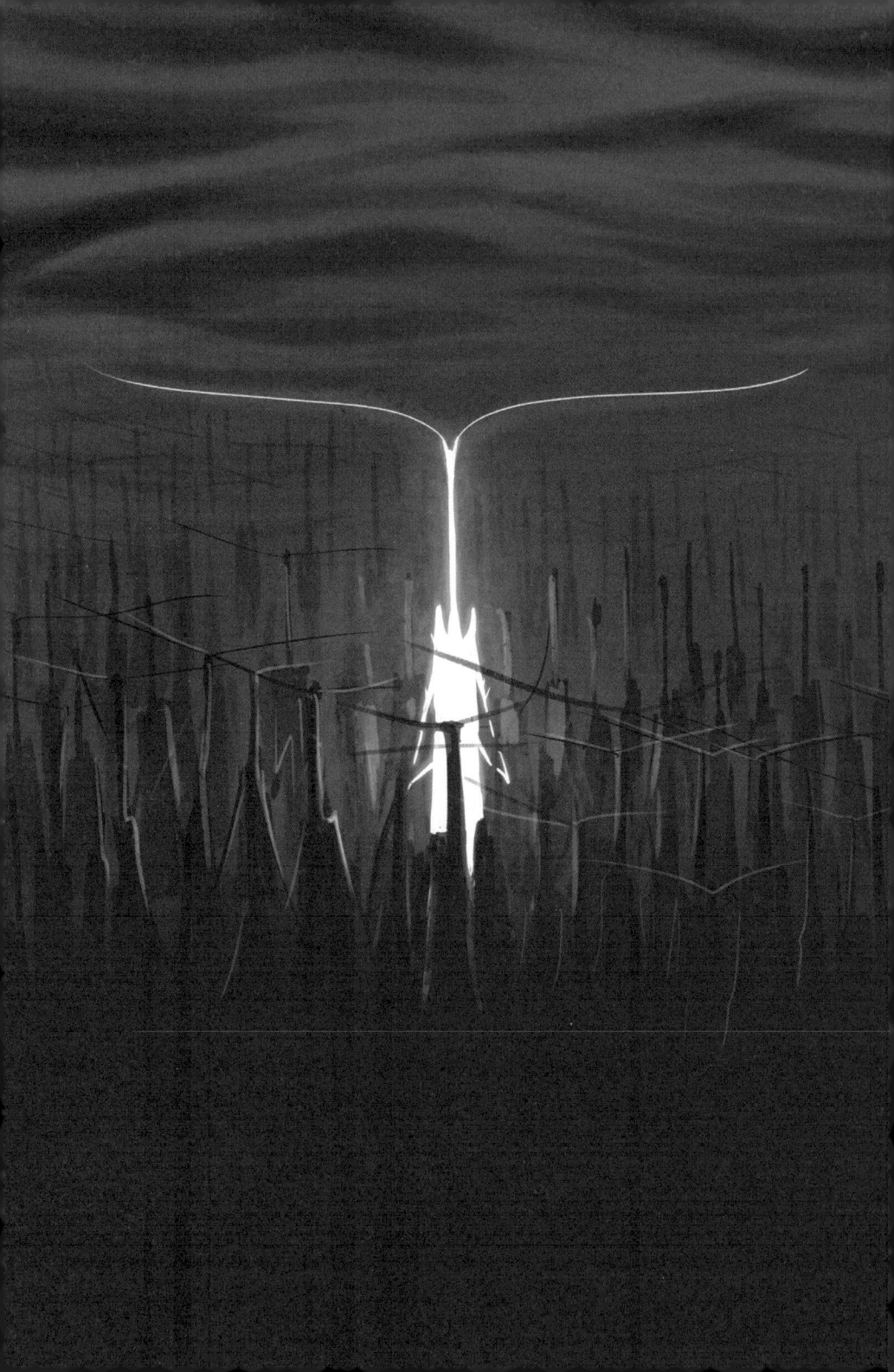

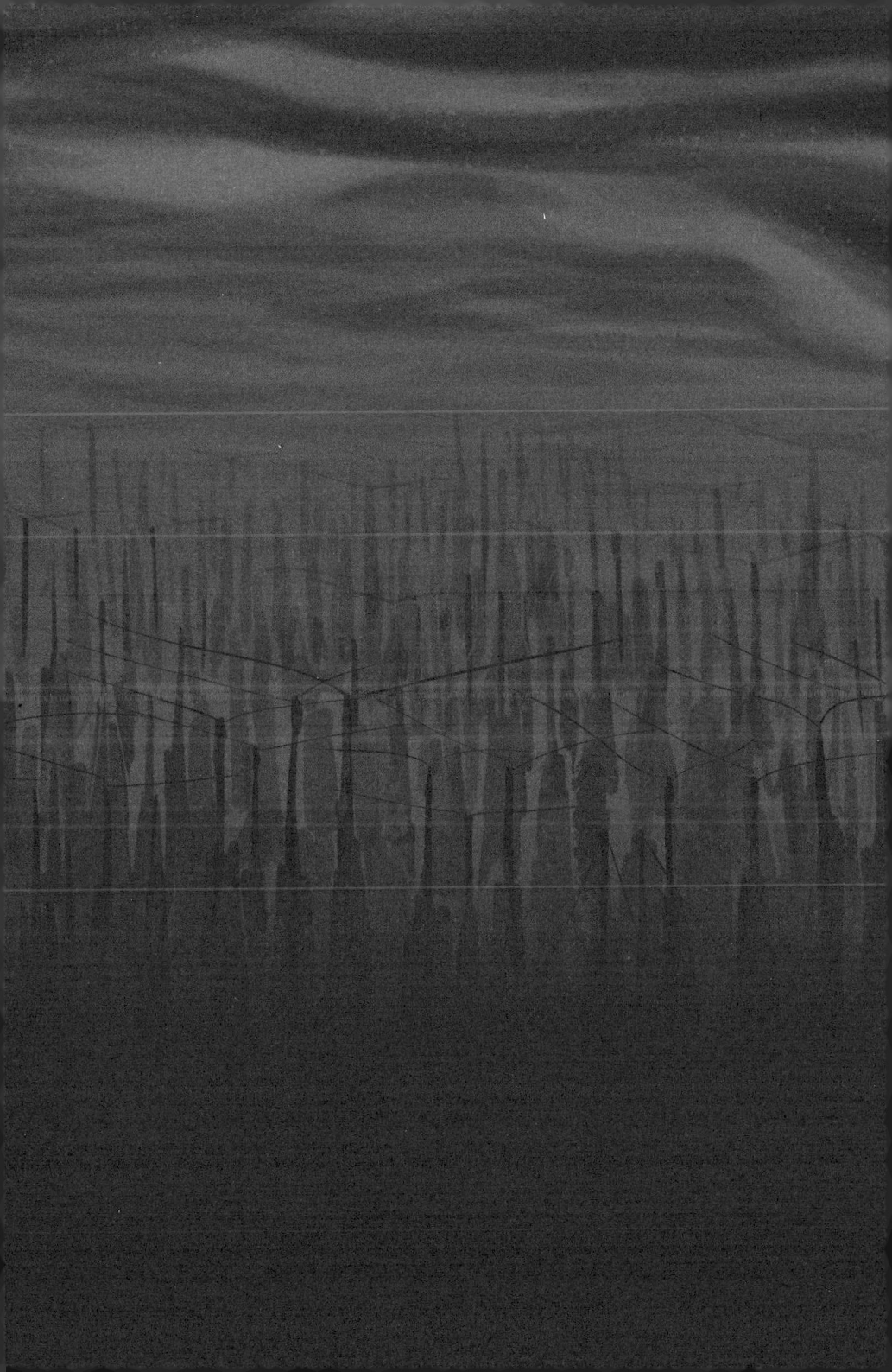

目录

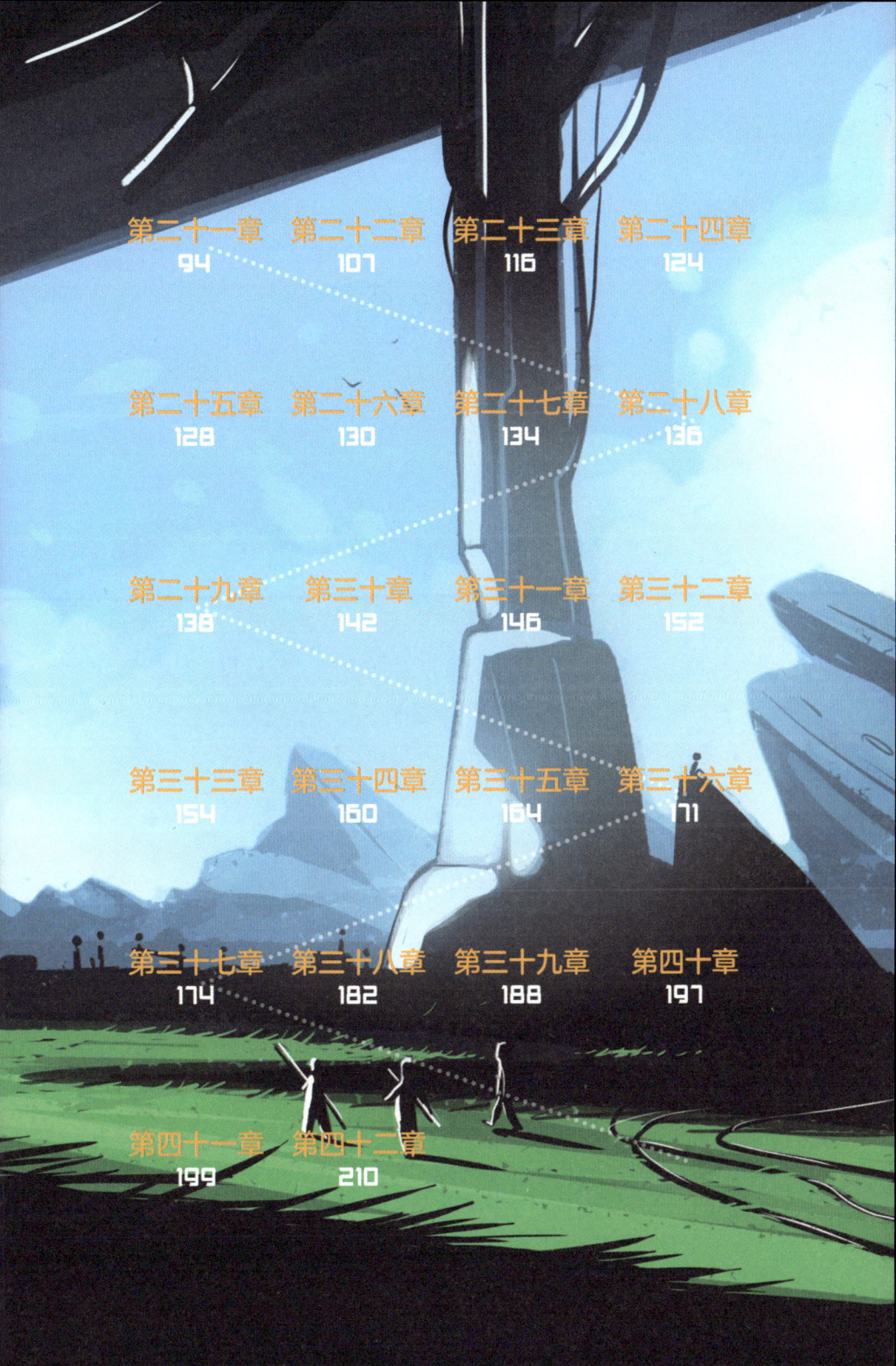

第一章

"是这个吗？"

"不是。"

"那边的那个？"

"也不是。爱信不信。"

"很有可能就是那个，它对我们眨眼睛了呢。"

"哎，你一定也清楚，从这里我们根本不可能看见地球。当初宇宙飞船穿过虫洞后，我们就来到了另外一个星系。"乔尼说完，看了一眼身旁的哥哥，他正躺在崎岖不平的山坡上。昨晚，他们在这里安营扎寨，休息了一个晚上，现在准备下山回到山谷中阔别已久的营地。

"你知道我对你的解释有什么看法吗，乔尼教授？"阿里问道。

"我不问你也会说的。"

阿里换了个姿势，侧身躺在地上，跷起一只脚，放了个屁。

"这是来自虫洞的问候。"阿里轻声笑道。

"如果我们沿着这条路走下去……"乔尼捏了下肚子，同时放了个迂回而悠长的屁。

"两个白痴。"X哼了一声，发出一声响亮的鼻音。

下一秒，他们哥俩彼此对视了一眼，然后默契地笑出声，好像听见了一个了不起的笑话，笑得停不下来，一直捂

着肚子——他们无意间"污染"了开普勒 62e 星球上的新鲜空气。队伍中唯一一个没有被周遭事物打扰到的就是影狮希望，它趴在一旁，如同著名的斯芬克斯雕像般安静，不管旅伴们如何吵闹，它都没有动一动。

"我早就说过，那些浆果都变质了。"阿里揉着肚子呻吟道。

"可山上也没有其他东西可以吃了。幸好它们没有毒。"乔尼说。

"你们觉得营地里会有正常的可以吃的东西吗？"X 思索道。

"希望吧，"乔尼的语气和表情变得认真起来，"希望斯温特莱纳最终找到了办法让地里的庄稼不受打扰地生长，强盗兔的问题也得到了有效的解决。"

"你打算把低语者给你的种子种到地里吗？"阿里好奇地问乔尼。

乔尼没有立刻回答。他隔着背包柔软的布料感受着种子盒的形状。这是生命之花的种子，至少乔尼是这样笃信的。低语者的终身职责就是精心照料和保护生命之花的种子。

　　"我想，等到了合适的时候我会让它们派上用场的。只有在正确的时间和地点，我才会播种它们。"乔尼思考着回答道。

　　"那正确的时间和地点又是什么时候、在哪里呢？"阿里好奇地追问。

　　"快看，山的后面！"X打断了兄弟俩的谈话，手指向远方连绵的崇山峻岭。山后面的天空呈现出美丽的橙红色。

　　"哇，仿佛整个天际都在燃烧。"乔尼感叹道。

"这会不会是因为太阳要升起来了？"阿里怀疑地说道。

"不会，还早着呢。你们听！像打雷的声音。或许是某座火山正在喷发，一座巨大的火山……又或许是一颗陨石撞到了开普勒 62e 星球上。"乔尼接二连三地提出猜想。

"不管怎样，这幅景象有一种惊人的美丽。"X 小声说道。

他们坐在山坡上，专注地欣赏着这幅难得的景象和其中无与伦比的光彩变幻，一直到开普勒 62e 星球上的太阳升起。金灿灿的阳光给天空和大地涂抹上自己的色彩，这橙红色的光芒才逐渐从天边消退。

第二章

他们沿着一条空旷的街道向村子走去。凉爽的风从坑坑洼洼的地面上卷起一层细小的红尘，拍打着路边房子的金属贴片墙壁，发出低沉的回音，仿佛预示着不祥。乔尼、阿里和 X 慢慢地接近村庄里唯一的一个十字路口。

从进入村子的那一刻开始，他们就有一种被监视的感觉。一扇扇空荡荡的窗户后面，在光线无法触及的地方，隐藏着一双双时刻追随着他们的眼睛。他们是敌人还是只是因害怕而躲起来的普通人？乔尼他们并不知道答案。

长屋子是村子里唯一一个可以容纳所有人的建筑，一般用来开会、上课或者做游戏。此刻，它的大门上有个红色粉笔画的巨幅图案。

"上面画的东西是我想的那个吗？"阿里说。

"至少它有一点儿像低语者——好吧，说实话，完全看不出来像低语者。"乔尼说，"不过，考虑到画画的人可能根本没亲眼看到过低语者的样子，所以这幅画画得还算不错了。"

"除非是丽萨或者斯温特莱纳画的。"X喃喃自语。

"没错。"乔尼点点头，但他心里并不相信这两个女孩中的任何一个会是这幅画的创作者。

"奇怪，竟然这么安静。"阿里皱着眉头说道，他向四周看了看，"得赶紧去妈妈那儿。"话音落下，他迟疑了一会儿。

阿里与乔尼和X分开，拖着沉重的步伐来到了他们之前住过的小房子里。在阿里做出那件事之前，他们一家人就住在这里。痛苦的回忆涌入阿里的脑海，使他的眼睛胀痛。

长屋子在他们离开后被重新装修了，包装箱被用作凳子，整齐地排在屋子内，它们的前方矗立着一座看起来像巨型蚱蜢的雕像。雕像的眼睛在黑暗中闪烁着诡异的红光。

"看见这个，你首先想到了什么？"乔尼问X。

"我的家乡有一座教堂，每个星期天我们都去做礼拜。这里给了我类似的感觉。"

"没错，我也有同样的感觉。但这或许并没有什么不好。毕竟，我们在出发去寻找阿里前，就已经开始祈求低语者的庇护了。"

"我可没让低语者保佑过，"X纠正道，"是你……嘘——"

X 以闪电般的速度把乔尼推进房间，自己紧随其后。房间外面，希望蹲伏在地上，蓄势待发，尾巴如同利刃，笔直地立起。健壮的后肢如拉满弦的弓，随时准备一跃而起发起攻击。两只前爪上锋利的趾甲插进泥土里，划出一道道痕迹。

"有人来了。"乔尼小声说。

空气中顿时充满了咆哮声、愤怒的吼叫声和肢体碰撞声，这意味着一场战斗开始了。至少有四只野兽从不同的方向冲希望扑了过来，一下子把它扑倒在地上。剧烈动作掀起的红色尘埃在一瞬间淹没了厮打成一团的野兽们的身影，但

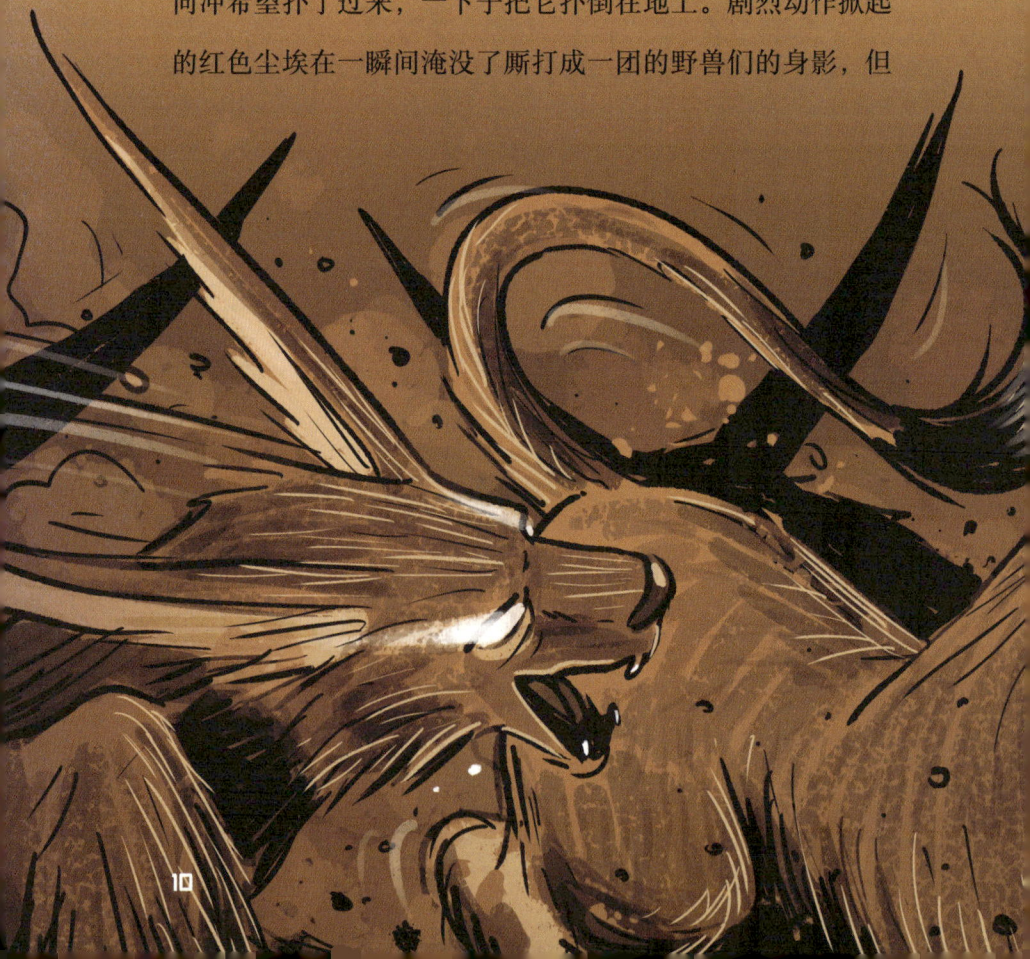

X 和乔尼仍可以从藏身之处窥见一些场面。这足以让他们看清，这场战斗刚开始就快要结束了。其中一方的力量似乎势不可当，可以压倒一切。

X 调转手中的长矛，将匕首对准门口，准备冲上去帮助落入下风的影狮希望。就在这时，一只手轻轻地搭在了她的肩膀上。

"没用的。"他们的身后传来一个清冷的声音。

第三章

　　斯温特莱纳张开双手。乔尼长舒一口气，放松地投入了她的怀抱。X 跑出去确认希望的状况。它的情况很不妙，姐姐火焰兽一直在舔希望尖尖的耳朵，而火焰兽的三个幼崽也跳过去爬到它们舅舅的身上，好奇地动来动去。

　　"真是相当热烈的欢迎啊！"乔尼最终感叹道。

　　"你们离开得太久了，我十分担心。阿里他……"斯温特莱纳看着眼前的情景，带着关心的语气低声说道。

　　"他去找妈妈了。"乔尼像读懂了斯温特莱纳的想法，自然地回答道。

　　"啊，所以他一切都很好？"斯温特莱纳也放松下来。

　　"至少和以前一样。"

　　"很高兴听到这些。你们的妈妈恢复得很好，没想到她恢复得这么好。显然，神经改造并没有给她留下永久性的损伤。事实证明，阿里做了件完全正确的事。"

这个好消息让乔尼沉默了片刻，他认真地点了点头。

"我们应该有许多话要说。"斯温特莱纳边说边带着乔尼出门，走到了阳光下。营地里的其他居民——部落的成员们，终于也敢走出门，站在房子前，好奇地打量着许久未见的乔尼。有的人还鼓起勇气举手和乔尼打招呼。

第四章

妈妈的怀抱温暖又安全。在这一刻的乔尼看来，这里是整个宇宙中最完美的地方。乔尼努力地想要忍住不停地涌上眼眶、滑落到脸颊两侧的热泪，但最后还是功亏一篑，放声大哭。

"亲爱的，"妈妈抚摸着乔尼的头发，温柔地说道，"你们经历了许多别人一辈子也碰不到的事情。"

妈妈轻轻地把乔尼从怀中推开，仔细地打量着他的脸庞。

"你变了很多。"

"可能是因为我长大了，"乔尼说，"也许我马上就要长胡子了。"

"和外表无关，你的眼神和以前不一样了。"

乔尼突然想起妈妈的眼睛，以及她接受神经改造后眼中的闪光，他不自觉地颤抖了一下，但随后马上平静了下来。妈妈的眼睛还是和以前一样清澈明亮，并且饱含着温柔。乔尼觉得自己即使永远沉睡在妈妈的眼神中，也不会后悔。

阿里坐在门口，脸上挂着斯芬克斯般神秘的微笑，不过他看起来很幸福。

"我希望……"乔尼刚刚开口，便哽咽住了。

"说吧。"妈妈平静地说，没有催促，也没有不满。

"我希望我们可以一直像这样生活下去。我们三个人永远不分开，这该多好呀。"

乔尼用求助的眼神看向哥哥阿里，但阿里摇摇头，转头看着天空中的太阳。乔尼知道，他只能自己坚持说下去。那一瞬间，他想晚点儿再和妈妈解释这一切，但他意识到留给他们的时间不多了，有些不可避免的事情是不可以拖延的。

"我们要走了。"乔尼小声说道。

"走？可是你们才刚回来。我打算给你们煮新鲜的蔬菜吃。斯温特莱纳种的粮食和蔬菜足够村子里的所有人吃。影狮负责地守护着我们的菜地，没让强盗兔得逞。"妈妈快速地解释道，在乔尼听起来，妈妈的语气甚至有些焦急。

"我们要回地球。"乔尼终于说出了口。

"家里有胡萝卜、白萝卜、大头菜和卷心菜。我给你们做蔬菜卷怎么样？以前，地球上除了有玉米还有其他蔬菜的时候，我的外婆就经常给我做蔬菜卷吃。"妈妈仿佛没有听见乔尼的话，继续说道，或者是她希望自己没有听到。

"这是我们的职责。我……我们见到了低语者。它们给了我一个任务，或者说，我认为它们把这个任务交给了我。我觉得，它们想要我……我……我不知道。"

乔尼再次扑进妈妈的怀里哭个不停，妈妈紧紧地抱住了他。阿里起身走到两个人面前，双臂环住妈妈和弟弟。他们的这个姿势保持了很长时间，然后阿里率先松开了手，妈妈也慢慢地松开了抱着乔尼的手。他们三个又是分开的个体了。

"阿里把所有事情都和我说了。"妈妈的语气依旧保持着平静和轻松，还是像在谈论家里的蔬菜一样。

"你们有你们的命运，我有我的。你们要完成你们的任务，我也是。我们的家很特别，整个宇宙就是我们的家。"

第五章

"你们一定是疯了！"斯温特莱纳厉声说道，她审视着坐在地板上的两兄弟，眼睛里像有火焰在燃烧。X和希望一起离开去检查营地外洞穴的状况，而阿里和乔尼则过来见斯温特莱纳。太阳已经爬升到了它力所能及的最高点，它释放的热量把开普勒62e星球变得炎热干燥，让人难以忍受。

"这样做很疯狂，但我就是一个疯狂的哥哥。"阿里说道。

"所以，你和你弟弟的想法一样，你也想回到地球上？"斯温特莱纳逼问着阿里。

"好吧，我不觉得我的想法有多重要，我只是去乔尼想要去的地方而已。就是这样。"

"然而，为什么要返回地球？这完全没有任何道理呀！这里的一切都开始步入正轨，你们为什么还要回到那个世界？"少女坚持着自己的意见，摇头反驳道。

"再说了，你们想怎么回去呢？难道搭便车？"

斯温特莱纳因为自己说的冷笑话干笑了一声。

"低语者,"乔尼的声音虽然比以往要低沉,却坚定了很多,"它们交给了我一项任务。地球快要灭亡了,随着昆虫渐渐消失,人类的倒计时已经开始。不久后,地球上最后一盏灯也要熄灭了。除非最后留在地球上的是人工智能,它甚至不需要灯光。"

"这些我都知道,"斯温特莱纳几乎带着责备的语气说道,"这也正是我们来到这里的原因,给人类寻找新的家园。"

"然后一遍又一遍地犯同样的错误吗?看看我们,还有我们做的事,像是已经吸取了教训的样子吗?"

"我们……还在不断学习。"斯温特莱纳坚持道。

"这还不够。我们不能只是不断重复错误,然后逃避这些错误带来的后果。"

"所以你打算怎么做?"斯温特莱纳苦涩地说道。

"低语者照料和培育着这个星球上所有生命的生命之花,说不定整个宇宙中的生命都在它们的照料范围内。它们把生命之花的种子交给了我。这是全世界最珍贵的东西。保护好并播种生命的种子是我的任务。让植物恢复生机,让昆虫的鸣叫声再次响彻每一个夏夜,这是我的目的。我要成为一名园丁。"乔尼像在谈论着日常琐事一样,心中满是期待。

"你还没讲你的超能力呢。"阿里在一旁突然插嘴。斯温特莱纳立刻挑起了眉毛。

"啊，这根本不算什么。"乔尼生气地看了哥哥一眼。

"嘶嘶兽差一点儿把低语者的花园毁了，它们试图抢夺、摧毁那些生命之花。乔尼一个人就挡住了这些愚蠢的'泰迪熊'的攻击。"阿里替弟弟解释道。

"安静，别再说了。我可不是什么超人。这个力量，无论它是什么，并不是我拥有的，它只是住在我的身体里，我能感知到它的存在。"乔尼急促地说道。

"你能详细地解释一下吗？"斯温特莱纳十分好奇。

"唔，我不能。好吧，如果集中精神的话，我会感知到这股力量。我能感觉到周围有什么东西在朝我涌过来。植物的生长、昆虫的鸣叫、人的生命，它们都是能量运动的结果。要是我理解得正确的话，我可以稍微控制一下能量运动的方向。就是这样。"

"乔尼抛出了一个又一个昆虫炸弹，把它们扔到了嘶嘶兽肥嘟嘟的脖子上。"阿里眼睛放光地回忆道。

"然后那些昆虫就死了。这就是这个能力的副作用。我如果利用某个无辜的生命以达到自己的目的，那么就一定会伤害到它。比如说，我从路边的植物中获取能量，以便在风平浪静的天气里放飞风筝，那么风筝飞起来后，植物就会枯萎。"乔尼悲伤地说道，"因此我再也不准备使用这个特殊的能力了，而且我希望你们都忘掉这件事。"

斯温特莱纳目不转睛地打量着眼前坐在地上的乔尼，什么话也没有说。她默默地消化着刚才听到的内容，不禁思索：这一切只是兄弟俩编造的幼稚可笑的英雄故事，还是他们受到某种惊吓后产生的错觉和幻想，还是——这个坐在她面前的瘦小的男孩真的拥有超能力？

"你可以给我展示一下你的超能力吗，哪怕是一点点，在不需要伤害任何人或者任何东西的前提下？"斯温特莱纳问道。

"不要。"乔尼果断地拒绝道，"我刚刚已经说了，我不想这么做。"

第六章

　　X 把手指放在太阳穴上，感受着光滑的皮肤。低语者让她身上的伤疤消失了。她很惊讶，同时感到十分欣喜。穿灰衣服的男人试图往她的脑袋里装上芯片，她努力挣扎着想要逃走，但男人还是在她逃跑的前一秒扣动了扳机，接着她感觉好像有什么东西在太阳穴里爆炸了。

　　伤疤彻底消失了，然而男人们在她脑袋里植入的芯片是否还在呢？她的头脑一如既往地清晰。她觉得自己一直以来所做的决定没有受任何人操控，但也许这就是芯片的神奇之处？

　　X 因为思考过多而感到脑袋发烫，她靠在身后冰凉的墙壁上，把手放在影狮粗糙的皮毛上。这让 X 的心绪渐渐平静下来。最初的恐慌得到了缓解，她又能继续冷静地思考了。如果芯片还在她的脑袋里，可能它还没有被激活。再说了，谁知道呢？也许低语者在去除伤疤的时候，把芯片一起摘掉了。对仅凭意念就可以创造一整片森林的低语者来说，这恐怕是一件微不足道的小事吧？然而，最有可能的是穿灰衣服的男人并没有成功，她的脑袋里根本没有芯片。

"OK。" X 想，现在该集中精神了！

X 的双手落在洞穴地面上的设备那冰凉的金属表面上。她并不清楚信息是如何传送到 1200 光年之外的地球上的，但对于比人工智能高明一百万倍的人类来说，想必这并不是什么难题。X 仍然觉得眼前的设备既可怕又安全。一想到有人（或者是机器）在读取她传送的消息，并利用她去达到自己的目的，她便感到非常痛苦。然而，想到只有坚持汇报她才能够保护地球上的妹妹们，她又有了一种奇怪的宽慰感。

X 已经尽力让自己的消息看起来零散、没有逻辑。她不希望把任何人置于危险的处境中。但是，有时她不得不汇报一些重要的信息，让那些以吸取信息为营养的"野兽"得到满足，因为只有这样，她的克隆妹妹们才能活下去。她之所以在营地外的一个山洞里安顿下来，正是因为她希望可以尽可能地让自己对营地里发生的事情一无所知。她汇报了营地的位置、孩子的数量、强盗兔的问题、开普勒 62e 星球上的动植物等等。她得到的回应通常只是机器的自动回复，但 X 认为这表示人工智能对她的汇报很满意。到目前为止，一切都好。

X 犹豫不决。一条信息最多包含 120 个字母，像老式手机的短信，并以二进制格式编码。

"去了内陆，山谷中低语者的城市。那里没有危险。红

00001000 10111110 11110111 111111 1111110 11111
11111111 1111000000110101110 11110 11111 110 11111
11011111 10111010101 10110 10101101
1010101111110110 111111 110101 1101101 1110101
11011 10110 11101101101 101101101 1101111110 1101
1 1101 1010101101010 0

色的浆果，黄色的叶子，很好吃。推荐。"

X检查着信息，对其进行相应编码，然后按下了"发送"按键。设备传来一阵断断续续的微弱的杂音，显示屏发出的白光不断闪烁。谁都无从得知消息是否已经发出去了，多久能够抵达地球，或者它是真的能被传送到地球上，还是会消失在宇宙中某处不为人知的空荡角落里。X把头向后靠在墙壁上，笑了笑。脑海中浮现出那些人工智能因为吃了太多她推荐的浆果，而不受控制地放屁的场景，这让她心情格外的好。

"它给了你无穷的力量。"她默默地说道。

第七章

　　回来后的第三天，乔尼决定去搞清楚宇宙飞船的状态，此外，他还打算说服玛丽支持他的计划。他也无法比较这两个任务之中到底哪一个更加艰巨，或者二者是半斤八两。乔尼和妈妈挥手告别时，阿里一言不发地起身跟在弟弟后面。

　　前往玛丽所在营地的路程并不长，然而，由于海拔高度不同，在他们还没来得及抵达目的地时，天色就已经开始转黑，太阳要落山了。兄弟二人决定在最后一块山脊的平地上过夜。山路崎岖不平，到处都是石头和不易察觉的泥坑，因此冒着摔倒和受伤的风险继续赶路是不明智的。于是他们把用太空织物织成的毛毯铺在两块岩石之间的地上。整片区域随处可见类似的巨石。在光线昏暗的傍晚，它们看起来像冻僵在原地的巨型生物，而一旦人的视线转移，它们仿佛就会张牙舞爪地移动。地平线上逐渐消退的亮光给这奇特的场景添了几分诡异，随着天色越来越黑，恐怖的氛围也更浓重了。

阿里睡着了，乔尼还没睡。再次确认哥哥真的沉入了梦乡之后，乔尼悄悄地爬到了稍远一点儿的地方。他从地上捡起一块小石头，把它放到一块更大的、较为光滑的石头旁边。尽管太阳早就下山了，但开普勒 62e 星球上的两个月亮散发的光芒给眼前这一小片区域带来微弱的光亮。附近的岩石在月光下显得如同鬼魅。

脑海中萦绕的想法让乔尼十分心烦意乱，就像有一只讨厌的苍蝇一直围着他转。他是否能操控那股神奇的力量，而不用伤害到任何生命呢？

半透明的小虫在月光下上蹿下跳，时不时地出现，然后消失，就像有人在拉扯它们一样。不行，乔尼不想再利用这些可怜的虫子。闪光虫的悲惨下场仍旧盘桓在他的脑海里。他把一枚枚昆虫炸弹向嘶嘶兽的身上砸去，之后等他发现地上躺着成千上万只虫子的尸体的时候，那种糟糕的感觉让他永生难忘。至今他的耳边仍回响着脚踩在虫子尸体的脆弱外壳上时发出的咔嚓声。

在这个海拔，土地贫瘠，鲜少有生命存在。生长在附近的树想必要比生长在平原上的矮很多。终于，他发现了一株小小的草本植物。它静静地趴在石头底部，就像故意藏起来不想让人发现一样。这行得通。

乔尼盘腿坐在冰凉的地上，面前不到两米处有一块石头，石头旁边还有小花。他把视线和思绪都集中到眼前，但是无论他如何使用意念想让石头飞起来，那块石头依旧无动于衷地待在原地。他向前凑了凑，现在他和这块半个手掌大小的石头只有一个拳头的距离。他满心愤怒地盯着这块石头，同时调动自己的意念，试图把石头举到空中。还是没有

用。操控能量转移物体的想法似乎越来越难以变成现实，几乎像是在做梦。在低语者的城市中发生过的奇迹，显然不会重演，他一定是误解了白色低语者对他说的话。

乔尼喘着粗气，停止了尝试。如果没有任何动静的话，就说明这个办法不行。他闭上眼睛，似乎看到一道电光闪过。他吓了一跳，赶紧睁开双眼。什么东西都没有。他再次闭上眼睛。那光又一次出现了。散发着光芒的淡蓝色圆点，一个接着一个闪过。他的眼前出现了几十个、几百个，不，几千个圆点在空中飞舞。是虫子。乔尼最终成功了。他看见了它们身体内的能量流动。接着，他的注意力被吸引到一条平缓而有节奏地流动着的青蓝色小溪上。乔尼知道，这是那株植物的能量在流动。

　　他小心翼翼地，仿佛捡起一枚脱落的鸡蛋壳般，将一条闪着蓝光的线引到地上的一块石头上方。他把意念缠绕在那根泛着蓝光的线上，将石头提起。石头摇晃了吗？乔尼又试了一次。这一次，他清楚地看见石头轻轻地飘了起来，在空中宛如失重般地盘旋着。乔尼心血来潮，举起左手，握成拳头。

咔嚓！

飘浮的石头顿时四分五裂。

"怎么了？"远处传来阿里的声音。

"没什么，我扔了一块石头。"

"在黑暗中？你扔到哪儿了？"

"我隐约看见了奇怪的东西，所以用石头把它赶跑了。应该是强盗兔吧。别在意这个。"乔尼回答道。他感觉到一道温热的液体顺着脸颊滑落到嘴边，便尝了一口。那是血腥的味道。

第二天一早，阿里吃惊地看着自己的弟弟。

"昨晚你在忙什么呀？"他问。

"为什么这么说？"乔尼害怕自己的秘密被发现。

"你的脸颊上有伤口。"

"啊，我上厕所的时候摔了一跤，脸正好蹭到了一块石头上。"乔尼解释道，同时他的视线一直在搜寻昨晚在石头附近发现的那一朵小花。最后，他在不远处发现了几根烧焦的炭黑色根茎。乔尼浑身开始颤抖。

第八章

　　X 正专心地打磨长矛顶部的匕首，这时，面前的设备传来微弱的电流声。她用指甲试了试刀刃。看着指甲上细细的白色直线，她心满意足地喃喃自语。

　　地球传来的回复通常都只是简短的确认，X 很少收到指示。有一次，她被要求补充更多关于影狮的信息。还有一次，就在洞穴内的事件发生后不久，她被要求去确认瓦利为的状态。根据之前的信息交换，X 很难搞清楚地球上的信息接收者到底对开普勒 62e 星球上的什么事物感兴趣，除了低语者。

　　与往常一样，接收的信息编成了二进制的格式，整条消息只包含 1 和 0。这一次的消息要比以往的更长，这让 X 有些惊讶，内心不安的感觉开始骚动。这可不是什么好事。

```
01000011  01100001  01110100  01100011
01101000  00100000  01100001  00100000
01010111  01101000  01101001  01110011
01110000  01100101  01110010  01100101
01110010  00101110  00100000  01000010
01110010  01101001  01101110  01100111
00100000  01101001  01110100  00100000
01110100  01101111  00100000  01110100
01101000  01100101  00100000  01000101
01100001  01110010  01110100  01101000
00100000  01100001  01101110  01100100
00100000  01110111  01100101  00011001
01101100  01101100  00100000  01110010
01100101  01101100  01100101  01100001
01110011  01100101  00100000  01111001
01101111  01110101  01110010  00100000
01110011  01101001  01110011  01110100
01100101  01110010  01110011  00101110
```

X 拿出二进制换算表，开始解读消息。

"抓住一只低语者，把它带到地球上来。作
为回报，我们会释放你的妹妹们。"

X 往后一靠，仿佛碰到了一只恶心的、充满危险的昆虫。

第九章

　　玛丽的营地坐落在山脉的东侧，沐浴在晨光中的营地闪闪发亮。房屋的墙壁和部分屋顶是用金属铁板建造成的，这些铁板是从第一批宇宙飞船上拆下来的。太阳光照在上面，形成强烈的反射。从远处看，这个营地就像一个明亮的火球。因此，寻找玛丽的营地并不困难。乔尼和阿里松了一口气，同时，他们也发现之前在途中看见的地平线上的光芒并不是来自营地，而是来自更远处的海的那边。

　　"或许那里有座活火山。"乔尼猜测道。

　　"那座火山一定是在剧烈喷发。"阿里说完，和乔尼一起继续向营地走去。

　　玛丽的营地原来只是一些她自己搭建的房子拼凑而成

的。相比之下，男孩们的村庄有两条大街，简直算得上大都市了。衣衫褴褛的孩子们在房屋之间晃荡，似乎没人注意到他们。他们的到来没有引起任何惊慌，甚至没有人对他们进行严肃的询问。乔尼认出了一些熟悉的面孔，但他在原营地中待的时间太短，以至于他无论如何都想不起他们的名字了。

阿里掀开用破烂的连体工作服制成的门帘。房子内几乎没有任何装饰，只摆放着一张床、一扇用某种金属板做的屏风。一个人影靠在墙边，看起来毫无生气。乔尼和阿里都被这具"尸体"吓了一跳，但他们很快就意识到这只是一个稻草人。

"看来玛丽在忙着制作稻草人。"阿里想。

"可我在这里并没有见到很多鸟。更何况，这里也没有需要稻草人保护的农作物。"乔尼怀疑地说道，"营地里的人似乎对种地并不关心。"

"在某种程度上，它非常可爱，有点儿像玛丽本人。"阿里笑着说道。

"没错！你这么一说我才注意到，它脸上的表情和玛丽的一样。"乔尼觉得很好笑。

就在这时，金属屏风后面传来了细微的动静。男孩们还没来得及搞清楚怎么回事，就发现一支枪的枪口对准了他们的脸。

"不许动！"这是玛丽的声音，"我已经瞄准你们了。"

"你在板子后面做什么？那里是厕所吗？"乔尼好奇地问道。

"玛丽，是我们，阿里和乔尼。"阿里说道。

"我当然看见了。"声音戛然而止。

第十章

"丽萨占领了宇宙飞船？"乔尼的声音里明显带着惊恐。他试图在脑海中盘算出这个令人难以置信的消息会给自己的回归计划带来什么样的影响。至少可以肯定的是，这不会让他的计划难度降低。他除了要说服玛丽和奥利维亚加入自己的计划，还得从丽萨和她的信徒手中夺回宇宙飞船。

"他们想让我成为他们的首领。"玛丽略带尴尬地说道。

"那你同意了吗？"阿里问道。

玛丽飞快地看了奥利维亚一眼，后者依旧面无表情。

"没有，这是个愚蠢的主意。"玛丽说道。

乔尼则正在拼命思考如何引出他此行的真正目的。他观察着面前的女孩们。他无比确信，只要他说出自己想回地球，她们一定会疯狂地嘲笑他。玛丽会讽刺他是想家的小孩子。有一瞬间，他考虑过使用自己的特殊能力。如果他把靠在墙壁上的稻草人举到空中，这应该会给她们留下深刻的印象。然而他很快就抛弃了这个想法。

玛丽好奇地打量着坐在面前的兄弟俩，但同时她感到有些害怕。她想回到地球上。她知道，男孩们的成长环境非常糟糕，在把母亲也带到开普勒62e星球后，地球上已没有任何值得他们牵挂的人了，因此他们没有任何理由经历远行的艰苦再返回地球。但他们会不会愿意帮她维修宇宙飞船，为远行做准备呢？玛丽不知道答案，也没有勇气询问。

乔尼和玛丽深吸了一口气，同时张开嘴⋯⋯

"说说吧，天边像着火一样到底是怎么回事，你们一定知道。"阿里好奇地问道。

乔尼和玛丽仿佛被戳破的气球，一下子塌下了肩膀，陷入各自的思绪中。一旁的奥利维亚冷静地开口讲述，瓦利为是如何在火山深处建造自己的防御基地，最终把自己和岛屿一起引爆的。

"这引起了某种火山反应和持续数日的火山喷发。"奥利维亚结束了她的讲述。

"哇，"阿里眨着眼睛说道，"这一定引起了很大的震动。"

"你刚才谈到了克隆人。"乔尼突然说道。

"是的，父亲显然掌握着某种克隆小孩子的技术。如果你问我的话，我只能说这非常糟糕。"玛丽答道。

"我的朋友 X 提到过这件事。她实际上来自地球上一个负责克隆小孩子的营地，她自己拥有四个克隆人妹妹。其实，我之前一直认为这是人工智能搞出来的，而不是你爸爸。"乔尼说道。

"看起来人工智能利用了我父亲的疯狂和对权力的渴望来达到自己的目的。"玛丽说。

"X 想要救出她的妹妹们。"乔尼说道。

"救？"奥利维亚皱着眉头问道。

"她的妹妹们也在这里吗？她们遇到了什么困难吗？"玛丽同样感到很疑惑。

"不是……她想返回地球去救妹妹们。"乔尼边说边回避着她们的视线，"真是个疯狂的想法，不是吗？"

沉默占据了整个房间。玛丽和奥利维亚对视了一眼。乔尼用手指在满是灰尘的地板上胡乱地画着图案，只有阿里似乎完全没意识到气氛突然变化。

"这有什么疯狂的？"阿里奇怪地说道，"这和你的想法不是一样吗？这几天除了返回地球和播种，你就没有说过其他的事。"

乔尼试图用眼神示意自己的哥哥别再说了。然而阿里并没有接收到。乔尼计划好的外交辞令和一系列铺垫都没用上，哥哥把所有的事情都迅速地吐露了出来，就像扬在空气中的难闻的火山灰一样。

"这是真的吗？"玛丽问乔尼，乔尼只能尴尬地点头。

"既然如此，我们可能有许多话要说。"奥利维亚干笑道。

第十一章

他们要回地球了，所有人一起！

喜悦的情绪如此强烈，乔尼忍不住哭了起来。这让他有点儿羞愧，自己怎么变成一个爱哭鬼了？房间内的光线十分昏暗，他无法确切地看清，玛丽一直在抚摸她自己的脸颊，到底是在清理脸颊上的灰尘，还是在擦拭滚落的泪水呢？

"事情就这样决定了？"奥利维亚郑重地说道，同时看向所有的人。这些人依次点了点头。阿里放松下来，双臂交叉抱在胸前，但当他注意到其他人依旧正襟危坐，严肃地看向前方时，便急忙把胳膊放了下来。

"丽萨……"乔尼艰难地叫出这个名字。

"她不会轻易放弃宇宙飞船。"玛丽接着说道。

"所以我们必须用武力从她手中把宇宙飞船夺回来吗？"阿里问道。

"也许吧，"奥利维亚说，"希望还有别的办法。"

他们起身离开屋子，踏入耀眼的阳光中。他们身上的装备中没有太阳镜，这本可以保护他们的眼睛不受眩光的伤害，而且会使他们看起来非常酷。现在，他们只能像患了近视的人一样眯着眼睛，直到眼睛适应强光。

玛丽的营地也有一个专门用来开会的场所，但那并不是一个大的建筑物，而是室外一个空旷的场地，中间有一堆篝火。篝火旁边堆砌着石头，从宇宙飞船上卸下来的金属箱子被当成座位围成一圈摆放在篝火旁。这个地方看起来并不像开会的地方，倒像开篝火晚会举行庆典的地方，仿佛下一秒就会响起欢快的音乐，接着大家便会围着篝火跳起舞来。

阿里和乔尼热情地和敏俊打招呼，敏俊也是最早来到这里的先行者之一。他们还礼貌地和埃里克以及半人半饼干05握手。阿里稍微用力地握住了埃里克的手。

"我最担心的是宇宙飞船上有武器。"奥利维亚严肃地对周围的人说道。

"你不是把它们改成没有危险的机器了吗？"玛丽问道。

"没错，但是如果丽萨的队伍中有能人的话，重新改成武器并不难。"

奥利维亚询问般地看向阿里和乔尼，他们耸了耸肩膀。

"我对丽萨一伙并不了解，但至少可以肯定这些人对武器很感兴趣，因此可以断定他们一定会想方设法地改造它们。"乔尼说道。

"我早就说过，应该把所有的武器都丢掉！"阿里突然大声说道，把其他人吓了一跳，"看看它们造成的后果吧。"

阿里甚至激动地站了起来。乔尼拽了一下他的手，让他坐下。

"所以我们必须面对现实，丽萨的队伍在宇宙飞船上建造了自己的防御基地，同时他们很可能有可以使用的武器。"乔尼补充道。

"再加上飞船自带的武器装备。"奥利维亚平静地说。

"什么？"乔尼发出一声惊呼。

"这艘宇宙飞船当然也是武装过的，毕竟这是瓦利为工厂制造的产品。"奥利维亚继续说道。

"你的意思是，他们除了普通的机关枪之外，还有一门可以让半个星球变成原子的激光炮？"阿里问道。

"你一定不是这个意思，对吗？"乔尼不敢相信这是真的，但令他害怕的是，奥利维亚并没有回应他的话。相反，她的脸色要比刚才更加阴沉。

"飞船上可能什么东西都有。"玛丽也焦虑地说道。

"那我们有什么？"半人半饼干05插话道。

"这个。"玛丽轻轻拍了拍腰间的手枪，"还有弓箭和许多棍子。"

"棍子对战激光炮？这可真够刺激的。"埃里克摇摇头说。

"或许有一种办法可以避免战斗。"奥利维亚说。玛丽看了她一眼以示警告，但奥利维亚并不在乎，她接着说道："坍丽，你曾经做过一段时间他们的首领，你觉得自己能够再做一次吗？"

"但是……玛丽说过，她不是什么首领，这是个愚蠢的想法。"阿里眨了眨眼睛。

"我做什么用不着你来命令！"玛丽喊道，她愤怒地起身离开了。

"玛丽，亲爱的，等一下！"埃里克跟在她身后叫道。

"玛丽，亲爱的，等一下。"阿里低声模仿着埃里克的话，起身朝着相反的方向走去，边走边踢着脚下的石头。

"啊哈，真是场有趣的会议。但是现在我必须走了，我的秋千才做到一半呢。"半人半饼干05嘟囔完便离开了。敏俊也在小声地自言自语，跟在其他人身后走了。

剩下的只有奥利维亚和乔尼。他们透过眼前跳跃的火光凝视着对方。这一刻，地球似乎遥不可及。

第十二章

　　他们并排躺在芦苇丛中，以此作为掩护，好观察那艘宇宙飞船。乔尼用担心的眼神扫过周围粗糙的芦苇，生怕有陌生的生物突然间蹿出来跳到他们身上。玛丽、阿里和奥利维亚用双筒望远镜观察着宇宙飞船及其周边的环境。望远镜的一个镜头已经裂成好几片了。

"它比我记忆中的大许多。"阿里看着飞船惊讶地说道。
宇宙飞船看起来像一只准备起跳的巨大昆虫，或者说它就是
低语者的样子。

丽萨的一些信徒在飞船周围巡逻，他们身上都绑着武器。

"冲锋枪。"奥利维亚说道。

"瓦利为4.0型冲锋枪，是地球上甚至是宇宙中最可靠的
武器。"玛丽补充道，她同样注意到了这一点。

　　"尽管如此，我们仍然不知道它们是否能正常使用。"奥利维亚说，她努力保持镇定。

　　这时从飞船上走下来一个披着斗篷的矮小身影。距离太远，他们看不清其面容。只见那些信徒连忙站直身体，在飞船两侧排成两排，恭敬地把右掌放在自己的胸口上。

　　"一定是丽萨出现了。"阿里说道。

　　"这比以前还要疯狂，她到底以为自己是谁，墨索里尼二世吗？"玛丽摇着头嘲讽道。

　　他们认为是丽萨的那个人抬手指向天空，下一秒，宇宙飞船最底部的甲板开始缓缓向上抬升。守卫们立刻散开，其中一个人向上方的某位操作者打着手势，发出指令。草丛里的监视者们听见了一声猛烈的碰撞声。随后，飞船前方的保护盖开始缓缓下降，它的后面逐渐显露出一根长长的尖刺，就像昆虫身上的毒针一样。丽萨和守卫们的视线一直跟随着长刺，它向前突出的速度与保护盖下降的速度相同。突然，空气中充满了金属的剐蹭声和抓挠声。保护盖最终下降到了指定位置，尖刺也停止了动作。此外，丽萨似乎原地跳了一下，守卫们沿着阶梯从飞船上跑下来。

乔尼瞥了一眼身旁的同伴。阿里饶有兴趣地注视着眼前的情况，但玛丽却一脸惊恐地看着表情十分严肃的奥利维亚。

　　"这是我认为的那个东西吗？"玛丽小声问道。

　　奥利维亚点头。

　　"我只是听说过那个，但是……他们能启动它吗？"

　　奥利维亚转头看向其他人。

　　"妙尔尼尔，雷神之锤。"

　　乔尼和阿里一样完全不明白是什么意思。

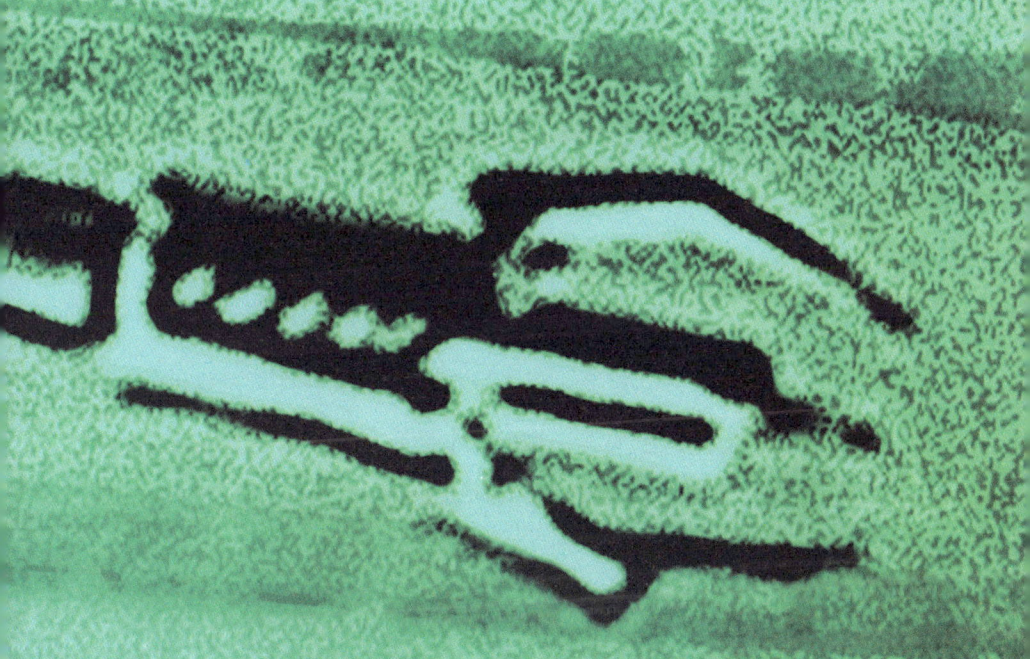

　　"那是一种大炮吗？"乔尼问道。

　　"可不是普通的大炮，"奥利维亚摇头答道，"妙尔尼尔是一种电磁炮，可以把宇宙打出个大洞。它的作用是在宇宙中制造虫洞，以便飞船在太空中以超越光速的速度行进，从一个维度飞快地来到另一个维度。"

　　"它还可以让半个星球灰飞烟灭。"玛丽补充道。

第十三章

X 晃着脑袋，感觉大脑一直在呻吟。或者这只是她的幻觉？希望如此。她如果一直反复审视脑子里的想法，会发现这些想法虚虚实实、亦真亦幻，一些乱七八糟的其他事情都开始冒出来了。

影狮希望看了一眼自己的同伴，用长长的深色舌头舔过自己的嘴唇。它在想什么呢？没人能搞懂，但可以百分之百肯定的是，那一定都是它自己的想法。

X 再一次试图清理脑海中纷杂的思绪，集中注意力。从地球上传来的消息给她下达了指示，命令她抓住低语者，并且带回地球。总体来说，任务中有几个具有挑战性的地方：找到低语者，抓住低语者，返回地球。从目前的情况来看，上述任何一项内容似乎都不怎么具备可行性。当然，她知道兄弟俩正准备返回地球，但她要怎么和他们解释，自己准备将一只低语者作为旅游纪念品带回去呢？

然而，X 决定挑战这个不可能完成的任务。第一步就是找到低语者。与其主动去寻找低语者，她不如把低语者吸引到自己的身边，然后抓住它。可是，陷阱需要一个诱饵才能发挥作用。

X 在整个星球上认识的所有人中，只有两个人与那些神秘、强大又温和的生物保持着某种联系。她很了解乔尼，他在任何情况下都不会欺骗低语者，更何况他还从低语者那里得到了珍贵的礼物。

另一个人是玛丽。据说，玛丽得到了低语者的某些帮助，并且能够以某种方式与它们交流。但她有可能被说服，转而诱骗低语者踏入陷阱成为地球上的囚犯吗？几乎没有可能。尽管如此，X 还是在两个选择中选了稍微不那么糟糕的一个，踏上了前往玛丽营地之路。她沿着与兄弟俩刚才走过的路线，漫步在山脊上。不管是北边波光粼粼的大海，还是东边跳跃的火光，都没有引起她的注意。此刻她的内心中充满了紧张的情绪和黑暗的想法。

第十四章

埃里克和半人半饼干 05 确信，宇宙飞船的导航系统仍在正常运行，除非丽萨和她的信徒们出于某种原因将其摧毁了。

"但这种情况应该不会发生吧？"埃里克摊手问道。

"发动机和燃料呢？"敏俊问道。

"飞船上有核聚变发动机，它们的状况仍然是个谜。燃料主要是用来帮助飞船脱离星球引力的，目前剩下的那些燃料应该足够用了。飞船最初设计建造的时候，是以往返旅程为目标的。"奥利维亚解释道，"它可以穿梭在星球之间，把地球上的人运送到合适的星球上，并且带……算了，我也不清楚。"

玛丽摆弄着项链上的心形挂坠，她一直把项链戴在身上。这是妈妈留给她的纪念。挂坠里还有一张全息图，看起来像一张地图。玛丽还没有弄明白它的作用，可无论如何她都会探究清楚。因为她确信，这里面藏有妈妈留给她的秘密。

玛丽他们刚刚结束侦查，一回来就立即召开了会议。这一次没有任何争吵，毕竟没有什么比共同的威胁更能使人们团结一致了。

"最重要的问题是他们打算用那个武器做什么，妙尔什么？"阿里说道。

"妙尔尼尔，"奥利维亚点头答道，"就目前而言，这个问题的答案并不重要。不管他们要做的事情是什么，那件武器除了造成巨大的破坏之外，什么也做不了。"

"也许他们还不了解那件武器的威力？"乔尼说道。

"无论他们是否知道底细，最后的结果都是一样的。至少我不会告诉他们，他们拥有人类有史以来建造过的最强大的武器。"玛丽语气冰冷地说道。

"乔尼……你可以使用你的……"阿里开口说道。

"不可能！"乔尼大声打断哥哥的话。阿里通过他的语气立即意识到这个话题不值得再继续下去。

"好吧，"玛丽小声说，"我愿意做。"

"没有人强迫你做这件事。"奥利维亚出奇温柔地把手放在玛丽的肩膀上说道。令她惊讶的是，玛丽没有立刻甩掉她的手。

玛丽站了起来，整理了一下连体服。

"我会用我自己的方式做这件事。我不希望任何人陪我去，不希望你们中有人插手。你们只需要相信我和我做的一切事。明白吗？"

其他人急切地点头做保证，除了阿里。

"丽萨已经彻底变疯狂了。你需要有人在身边保护你。我做你的保镖，和你一起去。"阿里关心地说道。

"不需要！难道你没有听见我刚才的话吗？"

"没有。"阿里说完，向前一步走到玛丽身边。

"停下。"玛丽说。她的行动比意识更快，下一秒她已经掏出了手枪。阿里愣在了原地。其他人惊恐地盯着眼前的场景。

"玛丽，你不可以……"奥利维亚开口说道。

"安静！我已经说过，无论我做什么，你们都必须相信我的判断。"玛丽生气地说道。然后她把手枪转了一圈，握住枪管递给阿里。

"你留在这里保护营地里的人。"

阿里接过武器，露出哭笑不得的表情。

他们静静地看着玛丽的身影消失在营地周围的草丛中。

第十五章

　　X 放下手中小巧却十分好用的望远镜，揉了揉疲惫的眼睛。躺在她身边的希望伸了个懒腰，舌头从嘴里伸出来，后腿几乎蹬得笔直，同时喉咙里发出一声懒洋洋的呜咽。X 漫不经心地抚摸着希望身上的皮毛，脑子里一直在思索她所看见的场景。

　　一群营地里的居民，包括阿里和乔尼，刚刚召开了一场会议。会议快结束时，玛丽急匆匆地离开了。玛丽现在正朝着宇宙飞船的方向走去，其他人都四散分开，只有兄弟俩还停留在篝火旁。

　　事实上，她真的没理由像谋划发动突袭的游击队员那样躲起来。她没有和任何人有过纷争，乔尼看见她一定会很高兴。尽管如此，她还是想推迟这场不可避免的碰面。她觉得自己很难去面对其他人。然而她不得不这样做。

背包里传来声响。X 深深地叹了口气，把发出声音的东西从包里拿出来。明亮的指示灯在不停地闪烁，这意味着地球上有新的信息传来。犹豫了片刻，X 还是按下了按键，消息出现在屏幕上。一串 1 和 0 排列的数据铺满了狭窄的屏幕。X 着手解读出了消息：

"确保乔尼
不会回到地球！"

X 捂住了脑袋。

第十六章

虽然丽萨的信徒们注意到了玛丽，并用武器对准了她，玛丽也没有停下脚步。她不知道一旦她开始犹豫，会发生什么。她的双脚会出于惯性向前走，还是会屈服于她的本能后退？她的内心疯狂地呐喊着，让她赶紧逃命。

　　她一步又一步地向前，离宇宙飞船越来越近，飞船在
她眼里也变得越来越大。从这个角度看，它就像一只巨大的
低语者。它们是如此相像，这种程度的相像不可能是出于
巧合。

玛丽依旧能够清楚地回忆起上一次来到这艘飞船上时，一群带电的芦笋状的生物占领了这艘飞船。躺在地板上的男孩的尸体让她无比震惊，时至今日，当时的场面仍鲜活地保存在她的脑海中，她想知道丽萨和她的信徒们对那个男孩做了什么。玛丽环顾四周，发现广场边缘有一个堆起来的小山包，看起来像一堆腐烂的肥料。一个问题浮现在她的脑海中：丽萨是打算在这个星球上宣传环保主义吗？就在她沉浸在自己的思绪中时，一根冰凉的枪管抵住了她的后背。玛丽侧过头，认出了拿着枪的女孩，但想不起她的名字。

　　"瑞塔？"她希望自己猜对了。

　　"瑞秋。对你来说，我是长官。"女孩用冰冷的声音说道，同时更加用力地把枪管戳进玛丽的两根肋骨中间。

　　尽管玛丽努力想做到不动声色，不想让对方看出她内心的恐惧，可她还是没忍住痛苦，呻吟出声了。

　　"好的，长官。你是否可以稍微移动一下你的枪呢？它正好压在我肾脏的位置。我想，你的枪管最好还是用来戳别人的肾脏。"

　　"你说什么？"

　　玛丽迅速地转过身，抓住枪管，随后把它举起来对着自己的额头。

"如果你想开枪的话，现在再合适不过了。"玛丽直视着瑞秋的双眼说道。瑞秋的目光先是变得迟疑，随后几乎是在恳求。她简直不知道该怎么办。

　　"瑞秋指挥官，放她过去。"声音在上方回荡。但显然这并不是什么神明的指示，玛丽毫不费力地分辨出了丽萨尖细的嗓音。

　　"好吧，看来要等到下一次了。"玛丽对瑞秋咧嘴笑了一下，离开的时候顺便把枪转了一圈，坚硬的枪管撞在瑞秋的肩胛骨上，发出清晰的声响。这一次轮到瑞秋痛苦地尖叫了。

当玛丽沿着起落架上陡峭的阶梯一步一步地向上爬时，她感觉到一股冷汗顺着脊背滑落。她艰难地迈出脚步。她不确定丽萨是否调试好了飞船上的所有武器，但目前看来这场赌博是值得的。

"我应该怎么称呼你呢？"玛丽向丽萨打招呼，后者光秃秃的头顶上装饰着瓦利为武器工厂的标志：KTA（Kill Them All，全部消灭）。丽萨眼睛周围有一圈黑色，玛丽无法立刻判断出这是因为丽萨昨晚没睡好，还是象征战争的脸部绘画。不管怎样，丽萨的身上总有可怕的地方。她是瓦利为的一个狂热粉丝，但和上一次见面相比，她变了很多。可以

肯定的是，她不是朝好的方向变。

"叫我丽萨吧。"她用冷漠的声音说道。

"你们还没有修好所有的武器。"玛丽肯定地说道。

"没有这个必要，我们还有其他事情要做。打扫这艘飞船需要不少时间。"

玛丽看向四周，上一次她登上这艘飞船的时候，这里到处都是小虫子——开普勒62e星球上的奇怪居民，以及其他无关紧要的东西。现在至少大厅干净得无可挑剔。玛丽只好勉强承认，丽萨的队伍在清洁飞船这项工作上做得不错。比起发动战争或挑起暴乱，他们更适合成立一个保洁服务公司。但现在给他们提出这样的建议似乎为时过早。

"你来这里做什么？"丽萨问道。

"我是来帮你们的。我想成为你们的首领，就像你之前提议的那样。"玛丽努力使自己的话听起来令人信服，"我会遵守承诺带你们去瓦尔哈拉[1]。"

"得了吧。"丽萨干笑一声，"在我们需要你的时候，你抛弃了我们。现在我们不再需要你了。"

"那些武器怎么办？瓦利为4.0型冲锋枪对我来说就像

1　瓦尔哈拉：北欧神话中战死的勇士所去的英灵殿。在本辑第二册《开普勒62号·新世界岛屿》中，玛丽面对激动的群众，带头喊出这个词。

奶嘴对于小婴儿一样无比熟悉。我可以修好它们。"玛丽保证道。

丽萨的眼里划过一丝兴趣。玛丽立刻知道她找对了方向，尽管丽萨依然试图表现出冷漠。武器——丽萨的队伍始终觊觎的东西，比其他任何条件都好用。最后，丽萨点了点头。

"从现在开始，你要叫我大祭司。跟上来，我带你去你睡觉的地方。"

第十七章

　　乔尼反应过来时已经来不及了。希望从空中降落，把他扑倒在地上。砂纸般粗糙的舌头在他的脸上舔来舔去，这种感觉就像有人把他的脸压进了按摩仪一样令人愉快。

　　"希望，快停下！"乔尼喊道，"快让它停下！"

　　X 咂了咂嘴，希望立刻从乔尼身上下来，趴在他身边。它挥舞着的尾巴像鞭子一样抽打着周围的草丛。

　　"再过两万年，说不定人类能培育出贵宾犬那么小巧的影狮。"X 看着乔尼抖掉衣服上的灰尘时，猜测着说道。

　　"我可没法等到那一天了。"乔尼说，"你在这儿做什么？"

　　"这可真是一句温暖的问候啊，我可以问你们同样的问题。"X 看起来并不是特别伤心。然后，令兄弟俩惊讶不已的是，她上前分别拥抱了他们两个。阿里如同一根冰柱一样僵在原地，X 的拥抱并没有让他暖和起来。

　　"你和联邦政府打小报告了？说了我们什么事情？"阿

里生气地问道。

"乔尼都告诉你了？"X说道。

阿里点点头。

"我和他们说，你生气的时候特别可爱。"X笑道。

"我一点儿也不可爱。"阿里气愤地嘟囔道。

"好吧，好吧。"

"但是你已经放弃了，你不再监视我们了，对吧？"乔尼向X确认道。

现在轮到X点头回应了。

"我们拥有共同的目标，尽管我们的动机可能不同。"X避开了这个令人尴尬的话题，"我们都想回到地球。为了这个目标，我已经准备好做任何需要我做的事情，什么都可以。我猜你们出现在这里也是出于同样的原因。事情进展如何？"

乔尼向X解释了现在的情况。关于丽萨，以及那门能够毁灭一切的大炮，还有他们侦查到的所有事情，他都告诉了X。随着乔尼的讲述越来越深入，X看起来越来越忧虑了。

"我们不应该在那门大炮还没有正常启用的时候攻打他们吗？"乔尼的讲述结束后，X问道。

"她说得没错，现在我们还有一丝可能性，但很快我们就找不到任何机会了。"阿里附和道，他摆弄着玛丽的手枪，把枪收进了从奥利维亚那里要来的盒子。

"他们一定很仔细地在飞船内做好了防御。战斗就意味着伤亡和牺牲，我们承担不起任何人员伤亡，也不能冒着损坏宇宙飞船的风险来做这件事。当正确的时机来临时，我们需要所有人全力以赴做好准备。"

X似乎被说服了。她对着乔尼点了点头，但依然不满地撇了撇嘴。

"我们能够相信玛丽会搞定一切吗？"X又问道。

"我相信，"阿里赶紧回答，"她有这个能力。"

"那你呢？"X将探究的眼神转向乔尼，她察觉到了乔尼的犹豫。"我是这么想的，"X喃喃道，"在那种情况下，我有一个建议：我们向低语者求助，怎么样？乔尼，你一定知道如何与它们取得联系。"

乔尼睁大了眼睛，他奇怪地看向X。

"它们为什么会来？我见过和听过的，你也都见过和听过。那你一定记得，低语者不属于任何一方，它们不会为任何人服务或者给需要者提供特殊帮助。"

"或许是这样，但你有些低估了自己，乔尼。对那些生物来说，你所代表的意义要比你自己想象的重要得多。我敢肯定，如果你陷入危险的境地，它们一定会来。"X 小心地斟酌着话语，就像在用沙子堆一座摇摇欲坠的城堡。

乔尼似乎在思考着她的建议的可行性，但最后他还是摇了摇头。

"也许你说的是对的，但是我们没有办法验证。我没有陷入危险境地，我也不想让自己陷入困境。而且，有你们两个在我身边，我很安全。"乔尼看着 X 的眼睛，坚定地说道。X 回应着乔尼的视线，尽管在那一刻，她的心底涌起一股难以抑制的恶心的感觉，差点儿吐了。

第十八章

"卡斯伯。"男孩自我介绍道,甚至没有转头看玛丽一眼。他专注于研究手中损坏的轴承,正是因为这个零件出了问题,末日大炮——妙尔尼尔的第一次亮相才会尴尬地结束。"虽然科技的进步如同神迹,一个坏零件还是可以毁掉一切。"

"有趣。"玛丽打着哈欠说道。

"卡斯伯是我们的工程师将军,"丽萨自豪地说道,"他能够修好任何东西。"

"除了冲锋枪之外的所有东西。"玛丽提醒道,"顺便说一句,你们这里的指挥官、长官、将军可不少呀。你们有足够的普通士兵用来指挥吗?"

"还需要多长时间?"丽萨并不在意玛丽的讽刺,向卡斯伯问道。

"一天,必须把迫击炮的炮管抬起来,才能更换坏了的轴承。明天一定能够修好。"

"很好，那之后……?"

"还不行。"卡斯伯喘着粗气站起身来。他比玛丽高出一头，是一个长相有些滑稽、耳朵毛茸茸的男孩，金色的头发向四面八方支棱着。玛丽模糊地记得在营地里的孩子们分裂成两个队伍之前，自己曾经见过他，但想不起来具体是在何时何地见的。

"还需要什么？"丽萨毫不掩饰声音中的愤怒，不满地问道。

"你应该知道，想要使用这门电磁炮，必须启动飞船上的所有发动机。电磁炮需要巨大的电流来支撑，这些动力只能从发动机中获取。"

"启动……"丽萨环顾四周，看起来有些茫然。这个年轻的女孩站在一艘巨大的宇宙飞船上，而飞船体现了人类社会迄今为止所能发明的最先进的技术。

"在那之后，要是还没有人能想出办法给它灌入更多的氦-3燃料，那么这个大家伙就是一堆废品。然而，最近的加油站离这儿很远。"

"你到底是什么意思？"玛丽警惕地问道。

"事实上，根据我的计算，发射一次大炮会消耗非常多的燃料，剩下的燃料将不足以支撑这艘飞船脱离开普勒62e星球的引力。换句话说，这门大炮一旦开火，那我们脚下的这艘飞船就只能靠人推着往前走了，不过我想应该没有人能推得动它。"卡斯伯揉着头发解释道。

玛丽严肃地点点头。各种乱七八糟的想法像核反应堆中的原子一样在她的脑海中跳跃。她希望自己的惊讶和困惑并没有表现得太明显。

"你能启动它吗？"丽萨问道，声音中带有明显的紧张和激动。卡斯伯点点头。

"首先，我们要进入驾驶室。"

玛丽转身看向一脸遗憾的丽萨。

"我们还没有找到打开那扇门的办法，它是用一种非常非常坚硬的金属材料制成的。不过等到我们修好了冲锋枪，也许用它们能突破那扇门吧。除非——你有那扇门的密码吗？”

玛丽摇摇头。125826，密码清晰地印在她的脑海里。这是在第一次登上飞船的时候，奥利维亚告诉她的密码。飞船外部大门的密码锁可以用这串数字打开，驾驶室的密码也会是同一个吗？也许吧。不，几乎不可能。

“既然如此，你只能露一手了，让我们看看你是真正了解枪支，还是只是在胡说八道。”丽萨说完，拽着玛丽前往飞船上的武器库。

第十九章

　　敏俊点点头，向阿里和乔尼打招呼。兄弟俩暂停谈话，疑惑地看向和他们打招呼的男孩，尽管他们都来自地球，但是彼此之间并不是十分熟悉。黑头发的敏俊一如既往地沉着、有礼貌。

　　"需要我做什么吗？"敏俊问道。

　　"目前谁都不需要做什么。只要飞船还在丽萨的手上，我们能做的便只有等待。"乔尼答道。

　　"等什么？"

　　"等玛丽的消息，等丽萨投降、主动谈判，或者丽萨给我们准备的'惊喜'。我们还不知道。"乔尼一一列举出可能性。

　　"我们必须给玛丽充足的时间料理飞船上的事情。匆忙行动会很危险。"阿里在一旁说道。

　　敏俊站在兄弟俩旁边，点点头。他的唇边挂着一丝礼貌的微笑，然而他的眼神像蒙上了一层面纱，让人捉摸不透。

"你有别的想法吗？"乔尼小心翼翼地问道。

"玛丽。"

"玛丽？"阿里确认道。

"在营地的时候，我从近处清楚地观察到玛丽越来越独断专行了，她鼓动丽萨的队伍发展壮大。玛丽似乎很享受这种混乱。"敏俊的话就像万里无云的天空突然下了一场倾盆大雨一样让人意想不到。

"玛丽和我们说过，她只是通过提议合作来使丽萨冷静下来。"阿里为玛丽辩护道。

"或许是这样，不过在那种情况下她可真是一名伟大的演员，应该被授予奥斯卡奖。"敏俊重新恢复镇定后说道。

"你真正想说的是什么？是时候把它说出来了。"乔尼说道。

"我认为我们应该制订一个应急计划以防万一，这个'万一'就是玛丽没有说服丽萨投降，而是叛变，彻底加入了他们。我们必须为战争做准备，我们应该加固营地的防御设施，并且寻求更多的帮助。"敏俊建议道。

阿里和乔尼对视了一眼。他们之前没有想到过情况有可能会变得这么严重。两个人都认为，玛丽是营地的"外交使者"，她这一次只是去进行谈判，而且她很快就会回来宣布谈判结果。可是，如果事实并非如此呢？

"寻求帮助？"乔尼问道。

"没错，我们必须把这个消息传达到你们的营地，告诉营地里的人，我们需要这个星球上每一个人的力量。"

"可是我们的营地里没有任何武器。营地里的伙伴们甚至都不会打架。玛丽和丽萨把所有的武器和疯狂的人一起带走了。"阿里说完后才意识到，站在面前的敏俊也是玛丽带走的人员之一。

"无论如何，只有我们大家团结在一起，才有可能获胜，渡过难关。"

乔尼叹了一口气。一切都突然走向了死胡同。没有一个共同的目标和实现目标的计划，整件事似乎分崩离析了，看不见解决的方法。

"或许……敏俊是对的。我们需要向所有人发出警报，让大家来这里集合。既然我们计划启动宇宙飞船，返回地球，那么无论如何我们都需要他们的帮助。我想，现在请他们来到这里的话，并没有什么坏处。"乔尼犹豫地说道。

敏俊点点头，露出满意的神情。

"我可以前去传达消息。"他说完便立刻转身离开了。

"啊，差点儿忘记了。"敏俊似乎想起了什么，又转过头来，"我突然想起了低语者。据说你们碰见了它们，还和它们进行了交流。你们觉得，可以请它们来帮助我们吗？即使只来一个也足够了。我们现在需要各种各样的帮助。"

第二十章

47 支瓦利为 4.0 型冲锋枪，152 颗闪光手榴弹，4 架重型瓦利为式榴弹发射器，2 架填满弹药的轻型火箭炮……玛丽看了一圈武器库里的装备，所有的武器目前都无法正常使用，但是她心里很清楚，激活这些武器并不麻烦，甚至相当简单。她不禁好奇父亲的真实意图，当一切都可以从零开始的时候，他为什么要把这么多武器带到这个伊甸园呢？

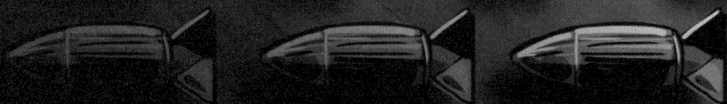

"所以，你能修好它们吗？"门边传来一个声音问道。

玛丽立刻转过身，看见卡斯伯正咧着嘴冲她笑。男孩双手插兜，随意地靠在门边。丽萨把玛丽留在武器库里，自己离开去处理一些重要的事情。毕竟她责任重大——这里一切都是她说了算。

玛丽重重地哼了一声，像回应卡斯伯的挑衅。她从架子上拿起一支冲锋枪，仔细地打量了一番，"咔嗒"一声打开了弹匣，然后把眼睛贴在锁孔处，向里面看。玛丽皱了皱眉头，看向四周。

"在找这个吗？"卡斯伯的拇指和食指之间捏着一个细小的黑色弹簧。

玛丽接过弹簧，把它安装在开关后面，然后重新装上弹匣，装填弹药，之后上膛，发出清脆的咔嗒声，好似她打了一个响指。玛丽的脸上浮现出淡淡的笑容，但她很快又变得严肃起来。卡斯伯对她赞许地点点头，但他看起来并不是特别兴奋。相反，他向玛丽伸出了手。玛丽过了半晌才领会卡斯伯的意思，她迅速拆开枪支，把扳机上的那个弹簧放在他的手心。卡斯伯接过后放回了自己的口袋底部。

"你自己也能修这些吗？"尽管答案已经很明显，玛丽还是开口问道。

卡斯伯认真地点点头。

"那为什么……"玛丽摊开双手，意有所指地看向仓库里摆放着的武器。

卡斯伯露出犹豫的神情，他不安地动了动，小心地看向四周。

"枪越多，人就会变得越疯狂。这会变成一场大屠杀。"他小声说道。

"疯狂？可是你自己不是也加入这个疯狂的队伍中了吗？"

"没错，是的，但这与最开始不一样。我真的很崇拜瓦利为先生，"卡斯伯顿了顿，尴尬地看了玛丽一眼，"你的爸爸……他……在某些方面是个天才，但是丽萨却……"

卡斯伯谨慎地看向四周，迅速把嘴闭上。

"那门大炮呢？"玛丽压低了声音，几乎变成耳语，尽管周围一个人也没有。

"我要是能进入驾驶室，就可以直接摧毁它，并且不被丽萨察觉到。"

"你打算怎么做？"玛丽追问道。

"启动倒计时。"

"什么意思？"

"你要知道，这艘飞船在设计的时候就编入了返回地球的程序。当返回程序启动时，飞船会自动关闭任何可能威胁到出发返回的系统。"卡斯伯像和小孩子说话一样，耐心地解释道。

　　"包括电磁炮？"

　　"首先就是它。"

　　"但是这一定会激怒丽萨的，如果飞船驶上返程的话。"

　　"这正是整个计划中最美妙的地方。飞船返回地球，同时会带走飞船上的所有武器。在那之后，丽萨的愤怒根本无关紧要，她只是一个在遥远星球上穿着古怪的女孩而已。"

　　"进入驾驶室？"玛丽确认道。

　　"这不可能办到，因为……"

　　"别说废话，带路吧。"玛丽说道。

第 二 十 一 章

　　卡斯伯领着玛丽走在一条光线昏暗的走廊上。上一次登上飞船时，因为一群奇怪的带电生物阻拦了她，玛丽没有机会来到飞船更核心的部分。现在，走廊变得很整洁，至少在黑暗中，地面依然闪耀着干净的光芒。

　　"你们是怎么摆脱那些恶心的脏东西的？"玛丽跟在卡斯伯身后，好奇地询问。

"杀鸡儆猴。杀掉一部分，其余的就被吓跑了。我们来的时候，等待着我们的是一项庞大的清洁任务。这并不容易，但是我们在伟大首领的精明指挥下，每个人都疯狂地工作。"卡斯伯笑着说道。

　　玛丽想起飞船外边堆着的小山包一样的垃圾，也许丽萨的领导也有好的一面。要么打扫，要么在第二天黎明来临的时候接受惩罚，相信所有人都会认真地打扫。

驾驶室的双扇门坚不可摧，密封、防盗、能够抵御一切强硬的攻击。门后边是这艘巨大的宇宙飞船的大脑、心脏、肝脏、脾、肺、肾，所有能想到的重要东西都在里面。这扇门连核弹的攻击都能防御，目的就是在任何情况下保护驾驶室里的长官和重要设备。然而，格外滑稽有趣的是，这坚不可摧的大门的封印竟然只是一个普通的泛着蓝光的数字键盘——密码锁，和自行车上的锁差不多。

　　"你们这些聪明人中没有一个人解开密码吗？"玛丽抚摸着密码锁问道。

"你知道这些数字排列在一起有多少种组合吗？十几万种！我们当然尝试过，但是密码连续三次输入错误之后，系统会自动锁定并且发出警报，而且要等待很长时间才能重试密码。人类一生的时间还不够破解这个密码的。"卡斯伯小声说道。玛丽一边轻抚着触摸屏光滑的表面，一边点头。125826，橙色、棕色、蓝色、紫色、棕色以及红色。在她的眼中，每个数字都拥有不同的颜色，这种现象通常被称作联觉。她自己也无法解释这种现象，但是这些数字组成五彩斑斓的、锦旗般的缎带，在她的脑海中缠绕在一起，她需要做的就是找出正确的颜色组合。

"如果警报响了……"玛丽说道。

卡斯伯抬起手，在脖子上比画了一下，然后做了个鬼脸。

"最好不要让它有机会响。"

玛丽严肃地点点头。奥利维亚给她的那串数字是用来打开飞船最外边的大门的。它能不能用来开这扇门呢？只有一种办法能解答她的问题。

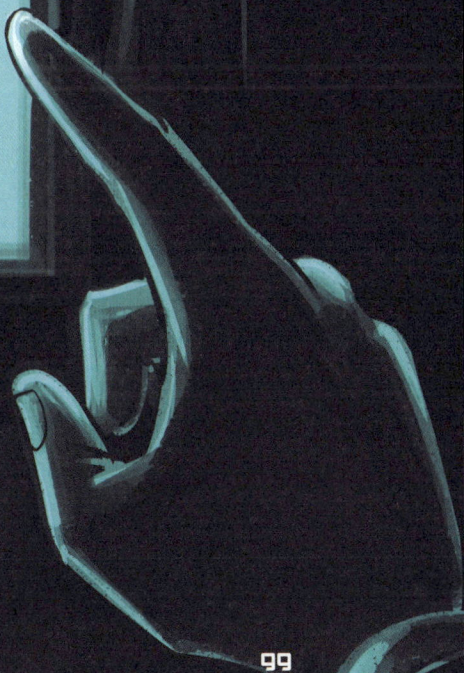

卡斯伯紧张地看着玛丽的动作。

"就这样？"

与此同时，密码锁显示屏上的数字出现了变化，顶部出现了 60 这个数字，然后开始变小。

$$59, 58, 57$$

"现在该怎么办？"玛丽惊讶地问道。

"刚才输入的密码是错误的，在警报响起之前，你有 60 秒的时间重新输入正确的密码。"卡斯伯平时带着微笑的红润的脸庞此刻如同死人一般苍白。

"你之前说过，可以尝试三次。"玛丽生气地嘟囔着。

"在自动锁定前，一分钟内可以尝试三次。"

"谢谢告知。"玛丽说道。

$$45, 44, 43, 42$$

"你还知道其他密码吗？"

玛丽用力地摇头，她的大脑中一片空白。

36, 35, 34

"把它倒着输入试一试！"卡斯伯命令道。

628521。

不是这串数字。时间在一秒一秒地流逝，如同他们的死亡倒计时。警报响起，他们暴露之后会发生什么？玛丽唯一确定的是，等待他们的绝不会是好事。

23, 22, 21

玛丽的喉咙发紧，她擦掉额头上的汗水，手指在胸口的衣服上蹭了蹭。衣服下方有一块凸起。这是妈妈送给她的心形挂坠。在一切都变成天边的大火之前，父亲把这个挂坠交给了她。玛丽闭上眼睛，试着倾听回忆里的声音。父亲似乎在谈论关于精英士兵的事情，以及专门为他们设计了一种首饰，这种首饰可以……

10, 9, 8, 7, 6, 5, 4

玛丽猛地拽下脖子上的心形挂坠，把它摁在密码锁的表面上。

"喂，你到底在干什么……？"

2, 1

"0"没有机会出现了。

"这是什么？"卡斯伯惊讶地问道，他指了指玛丽再次
藏回衣服里面的挂坠。

第二十二章

　　与这艘飞船巨大的体积相比，驾驶室真是小得可怜。这里最多能容纳 7 人：2 名飞行员，1 名机械工程师，2 名武器系统工程师，1 名程序员，当然还有 1 名飞船的船长。玛丽想起当初她和阿里一起前往开普勒 62e 星球时，不得不暂时操控飞船，以便躲避太空中的小行星群。但与这艘飞船相比，他们的圣玛利亚号飞船只是一艘小渔船罢了。而这艘飞船则堪比一艘大型游轮，搭载了将近 200 名儿童和年轻人来到了开普勒 62e 星球。

"它叫什么名字？"玛丽意识到自己对这艘飞船一无所知。

"盖亚，"卡斯伯回答道，"意思是创造万物之母，类似这样的意思。"

"这我当然知道。"玛丽不满地轻哼了一声。

"对不起。"卡斯伯似乎真的感到抱歉。

"好吧，我不知道。"玛丽承认道，"盖亚。"玛丽呢喃着，她的心里产生了一种奇怪的渴望和向往。然而玛丽甩了甩脑袋，赶紧把其他想法抛在脑后，没有时间胡思乱想了。驾驶室的每一面墙、每一个角落、每一个架子上都放满了设备、仪表盘和显示器。这里与通常的科幻电影中呈现的整洁干净的白色空间相去甚远，那里的一切像实验室里一样整洁有序。而他们面前的驾驶室更像售卖电子产品的二手市场，商品被塞在恰好能容纳下它们的最合适的地方。

绝望笼罩着玛丽，真的有人能够按照逻辑使用这些东西吗？更不用说启动复杂的启动程序了。而且，即使有人能够做到这一点，那也一定不是在她旁边晃来晃去、嬉笑着的小鬼。

"我们进入驾驶室了，你打算做什么？"玛丽疲惫地问道。事情没有计划中进展得顺利。回家的梦想似乎离他们越来越遥远。

卡斯伯没有回答玛丽的问题，他坐在一把椅子上，熟练地从桌子下方拉出一块触控板。一些屏幕立刻亮起橙色和蓝色的光。卡斯伯的手指快速且有条不紊地在触控板上滑动着，同时，他的目光紧紧跟随着每一个亮起来的显示屏和仪表盘。突然，一阵微弱的咔嗒声响起，整个驾驶室好像从长长的冬眠中苏醒，打了个哈欠。

"怎么会这样……"玛丽倒吸了一口冷气。

"我就是这艘飞船的原武器系统工程师。"卡斯伯笑着说道，"难道你就没有好奇过这艘船上的工作人员都去了哪里？"

玛丽不得不承认她从未想过这一点。很有可能其他成员就在外面的某个地方。

卡斯伯的手指停顿了片刻，玛丽屏住呼吸。

"等一下！"玛丽把手放在卡斯伯的肩膀上，"我还没来得及告诉你，但是……如果这艘飞船要返回地球，我还想再带上几个人。距离飞船起飞还有多长时间？"

"一天，"卡斯伯答道，"不过这并不重要。"

卡斯伯的手指再次放到屏幕上。与此同时，从飞船的船身处传来低沉的杂音，他们感觉到地板在震动。随后又恢复了安静，但驾驶室里的氛围却改变了。显示屏和仪表盘现在处于唤醒且待机的状态，随时准备接收命令。

"为什么会不重要？"玛丽惊讶地说道，"你已经启动了倒计时，我刚刚说过……"

"这并不重要，因为你永远都不会回到地球上。"玛丽身后传来的声音说道。她太熟悉这个声音了。

"你迟到了，丽萨。"玛丽的声音里无法掩饰住胜利的喜悦，"我们已经启动了倒计时，你的大炮变得和水枪一样了。它不会起作用了，对吗，卡斯伯？"

"事实上……"卡斯伯静静地说道，"我没有启动飞船返回程序的倒计时，只是打开了所有为妙尔尼尔提供动力的发动机。现在它会汲取能量。一天后，我们就可以发射它了。"

　　"感谢你为我们打开了驾驶室的门，这是挡在我们面前的最后一个障碍。"丽萨心情愉悦地向玛丽微微鞠躬，表示感谢。然后，她向站在她身后的瑞秋和另一名守卫点了点头，他们上前分别抓住玛丽的两条胳膊，把玛丽强行拖出驾驶室。

"我还以为你真的讨厌那个疯子呢！"玛丽离开前扭头冲着回避她视线的卡斯伯喊道。

"玛丽，你把自己想象成了一名伟大的英雄，但事实上你就是一个可怜可悲的、娇生惯养的臭丫头。卡斯伯是我的男朋友，这真让你意想不到吧？我还准备了一个惊喜给你，玛丽！你当然会踏上新的旅程，但不会前往你朝思暮想的目的地，那个地方超乎你的想象！"

第二十三章

乔尼坐在高高的山坡上的一块岩石上。清晨，趁着天气凉爽，他一口气爬上了山坡。

"孩子，你拥有了不起的力量，记得用它来保护其他生命，不要让任何人替你控制这种力量。"白色低语者的话语在他的脑海中回荡，仿佛上一秒低语者还在和他说着相同的话。乔尼比以往任何时候都急切地需要他人的建议。他希望妈妈在他的身边，但是按照最乐观的预期，妈妈还在路上，最早在明天或者后天抵达，但这也未必是一件好事，这取决于敏俊是否成功说服了营地里的人前来会合。此外，他怀疑妈妈是否真的可以给他任何建议。他觉得自己很孤独。

所有人都希望他去寻求低语者的帮助，他真的应该这样做吗？如果让那些神秘的生物来决定怎样做是最好的，这对他来说难道不是很大的解脱吗？乔尼低头看向山坡下面的村庄，村庄里的居民如同蚂蚁一样在移动。

当站在更高的视角上思考时，许多人都变得十分渺小。他们的诉求和努力甚至都变得无足轻重。低语者又是站在多高的地方审视着他们呢？这让他很担心。如果它们站在足够高的地方观察这个世界，那么昆虫、人类、善和恶都只是不停地流动的能量，没有谁更重要。

乔尼闭上眼睛做一个实验。他甚至自己也不清楚真正想要什么或想做什么，他只是试图在片刻间忘记所有的一切。他陷入某种梦幻之中。爬山带来的疲惫感附在他身上的每一块骨骼中。他坐在凌驾于世界之上的架子上，让生命沿着自己的轨迹流动。青色、暗红色、翠绿色的溪流在紧闭着的眼皮表面流动。他看见周围有一条不断变化的溪流，先是分裂成多条支流，接着汇合，又分裂，又汇合。嘈杂的声音拍打着他的鼓膜。一切都在运动，现场一片混乱，但是生命的流动中仍然存在着巨大的美感。乔尼有一种冲动，想要触碰眼前的景象，随心所欲地安排水流的流动，但有什么东西阻止了他。他感受到肩膀上传来轻轻的压力，就像孩子经不住夜晚池塘那闪闪发光的冰面的诱惑想要冲过去时，一只手伸过来阻止了他。

　　乔尼不敢睁开眼睛，但他知道它就在这里，就在他的身后。

"你是它吗？"

"是，又不是。我们有很多个，同时又是一体的。"

"你愿意帮助我吗？"

"我不会帮助任何一个人。我帮助所有的人。"

"我不知道该怎么做，我……"

这时，刺骨的疼痛穿透了乔尼的身体，就好像有人在他的心脏上捅了一刀。乔尼瞪大了眼睛，他不停地喘着粗气，疼痛使他几乎看不清眼前的景象。低语者的身体毫无生气地躺在他的身边。在它的身后，出现了一个踉踉跄跄的身影。乔尼没来得及看清这个模糊的轮廓，便彻底失去了意识。

第二十四章

　　敏俊走在最前面，像先知一样带领着身后的队伍。他们出乎意料地一下子就同意跟着敏俊一起离开。事实上，当他抵达阿里和乔尼的营地时，居民们已经收拾好行李准备出发了。斯温特莱纳如同往常一样高效且有条理。并不是所有人都想乘坐飞船返回地球，但是大家都愿意提供帮助。

　　队伍沿着山脊排成长长的一条线行进着，兄弟俩的妈妈走在队伍的最后，一路照顾着队伍中年龄较小的孩子们。每个人的肩上都背着什么东西，即使最年幼的孩子也背着药包或者其他轻便的物品。斯温特莱纳把实验室中的大部分东西留给守候在营地里的人使用，他们只携带了必要的食物、工具和少数仍可以使用的电子设备。斯温特莱纳认为这些电子设备在飞船上要比在营地中有用得多。

敏俊欣赏地看着火焰兽和它的幼崽毫不费力地在队伍两侧跳来跳去，有时相互追逐打闹。从它们的行动可以看出来，它们已经完全适应了在这颗贫瘠且神秘莫测的星球上的生活。它们那锋利的趾甲能够攫住坚硬如岩石的地面；一双巨大的耳朵十分灵敏，可以迅速而准确地捕捉到强盗兔和潜伏在附近的野兽的声音。他们——人类，只是开普勒62e星球的游客，来自另外一个星系的长着两条腿的笨猴子。人类这个物种至少需要数万年才能适应开普勒62e星球上的生活，前提是人真的能存在这么久。

　　"再多讲一点儿丽萨的事吧。"斯温特莱纳说道。

　　"她彻底疯了。"

　　"你刚才说'大炮'？"

　　"没错，奥利维亚叫它妙尔尼尔，它能够把宇宙打出一个洞。"

　　"原来这是真的。"斯温特莱纳自言自语道。

　　"什么？"

　　"在我们离开地球之前，我听说人工智能开发出了一种设备，用它能够打开通向另一个宇宙维度的大门。"

　　"设备？你指的是那门电磁炮吗？"敏俊确认道。

　　"是的，所以首先它并不是武器，而是一种能够帮助缩短太空旅行距离的宇宙大锤子。不像我们来这里时，宇宙飞船必须在太空中寻找能够通过的虫洞，这个锤子可以自己制造虫洞。但是它很可能也具有毁灭一切的力量。"

"虫洞……"

敏俊不知道接下来该说什么，斯温特莱纳刚刚说的话超出了他的理解范围。

他们逐渐接近了山脊的最高点，过了最高点就能看见山下玛丽的营地了。不过，和兄弟俩一样，他们也得在山脊的高地上过夜，因为黑暗很快就会来临。

"就在这里休息吧。"斯温特莱纳说道。

敏俊举起手示意队伍停下。筋疲力尽的徒步旅行者们纷纷坐下来或躺下来休息，放松他们僵硬的双腿。斯温特莱纳凝视着天际线，火山喷发带来的最后迹象已经褪去，只剩下一片漆黑的天空。

"你确定瓦利为真的死在爆炸中了吗？"斯温特莱纳问道。

"我确定，没有人能够在那种情况下生还。你为什么这么问？"

"我只是在想……是否有可能……"斯温特莱纳嘟囔了一句，然后摇摇头，驱散了这个令她不安的想法。

第二十五章

　　他们把树木和石头围绕着村庄堆起来，搭建了一个简陋的驻防设施。阿里、半人半饼干 05 和其他人砍下了类似竹竿的茎当棍子，并且削尖了顶端。他们也成功地制造了某种仿制弓箭，但是它们的威力和精确度几乎不值得一提。尽管如此，能够找些事情做还是比干等着要好。

　　"你看见乔尼了吗？"阿里询问奥利维亚。

　　奥利维亚惊讶地看向阿里。

　　"他没有和你在一起吗？"

　　阿里摇摇头。

　　"马上就天黑了。"

　　"他应该很快就从哪个地方冒出来了。"奥利维亚丝毫不担心地说道，"你们这里准备好了吗？"

　　阿里环顾四周，他们搭建的城墙看起来更像一个巨大的灯塔，上面插着黏糊糊的棍子。他回头看了一眼，村庄里的居民们有的四处闲逛，有的随便坐在一起聊天。他们身上挂着毫无威慑力的棍子和石头。这就是他们全部的防御装备。

"我不知道。"阿里实话实说道，"当你不知道该做什么准备时，你是很难做好准备的。"

奥利维亚点点头。

"玛丽还没有传来任何消息吗？"阿里问道。

"没有，我已经开始有些担心了。"奥利维亚承认道。

"你把这个拿走吧。"阿里把玛丽留给他的手枪递给奥利维亚，"我不知道怎么使用它，我也不想学。"

奥利维亚点头接过武器，把它塞进了背后的腰带里。

第二十六章

玛丽感觉到背后传来微弱的震动。这一定是飞船的发动机启动导致的，尽管它们并不是传统意义上的发动机。而她感受到的震动，与真正的震动并不同，倒不如说是一种令人不安的感觉。飞船的核聚变发动机隐藏在船体的最深处，安静地收集着能量。

她被扔进了这个狭小的房间，这大概是一个存放清洁用品的仓库。地板上几乎没有落脚的地方。身处这个房间，她有大把的时间来回顾自己的愚蠢。她怎么会如此轻易地相信一切都会顺利地进行？尽管丽萨盲目地崇拜瓦利为的力量，但她绝不是一个傻瓜。丽萨认为是玛丽导致的火山喷发，并且使她崇拜的领袖在这场灾难中丧生，所以她一直怨恨玛丽。

一个人拥有权力的时间越长，他就越疯狂。这个规律在丽萨和她领导的组织上也准确地应验了。他们的行为彻底超越了理性的界限，玛丽甚至无法想象他们要做什么。丽萨得意扬扬的笑声还在她的耳边回荡，充满了恶意和疯狂。

一切都完蛋了。卡斯伯像玩弄孩子一样欺骗了她。最重要的是，他们拥有的武器显然是可以正常使用的。卡斯伯故意给她看了几把武器库中没有修好的冲锋枪，然后诱使她打开了驾驶室的大门。这扇门是他们计划中的最后一个障碍，而她却毫不怀疑地为他们解决了终极难题。玛丽抬起头，重重地砸向金属地板，以惩罚自己的愚蠢。门"啪"的一声打开了，瑞秋端着冲锋枪，充满威胁地站在门口。两个守卫像拎破布娃娃一样把玛丽从地板上拎了起来。

"这把枪很好用，如果你正在思考这个问题的话。"瑞秋说道。

"我可以自己走！"玛丽大声喊道，然后挣扎着站到了地上。男孩们看向他们的长官，瑞秋点点头。

他们把玛丽押送到飞船的大门口。外面一片漆黑，但是起落架上的指示灯已经全部点亮了。黄色的灯光在飞船周围形成了一个明亮的光圈，把黑暗隔绝在外。飞船底部传出了奇怪的动静。丽萨的信徒们从飞船底部拿出来一堆盒子和盘子。他们就像一堆蚂蚁，忙着把巢穴里的东西运送到光圈之外的隐藏在黑暗中的某个地方。

"你们在做什
么？"玛丽问道，但是只换
来了背部受到一记重推。幸亏她及时抓
住了阶梯旁的栏杆，否则就要狼狈地滚到地面上了。

　　最下方，丽萨、卡斯伯和其他人在等待着他们。
他们一言不发地转过身，带领这支小队伍朝着其他人运
送东西的方向前进。

　　"你们要带我去哪儿？"玛丽又问，她的嘴巴发
干。她知道这不是一时兴起的决定，有预谋的、可怕
的、糟糕的事情正在发生。

　　没有人回答她的问题。

　　玛丽脑袋一热，转身抓向身旁守卫的枪。她的手
紧紧握住了枪，枪管朝上，在空中释放出一声尖锐的脆
响。瑞秋和另一名守卫迅速地把玛丽扑倒在地。瑞秋没
有撒谎，这把枪真的很好用。

第二十七章

"你听见了吗？"阿里抬起头问道。

身边的埃里克点点头。

"枪声。"

作为今晚的值班守卫，他们躺在村庄周围的驻防设施旁。阿里打开了他的太阳能电池手电筒，周边的森林阴冷、安静。

"我要发出警报了。"阿里决定道。

"再等一下，"埃里克阻止道，"我们还不知道这意味着什么。"

"至少这意味着他们把那些该死的武器修好了。"

阿里捡起身边的长矛，将它扔进了黑暗中。

"你看见了什么吗？"埃里克立刻警惕地问道。

"是的，我看见了我们制造的这些武器是多么没用。"

"我们是不是得赶紧逃走？"埃里克的声音中透露出明

显的恐惧。

"还不可以。我们必须重新夺回飞船，况且玛丽还在飞船上，我们不能抛弃她。"

"你怎么确定玛丽没有加入他们的队伍？"埃里克问道。

阿里看向埃里克。玛丽曾说过，他们住在挪威的时候，是一对关系很好的朋友，或许比好朋友还要好……现在，他意识到这根本不重要，埃里克和他对玛丽有完全不同的认知。他所认识的玛丽是值得信赖、无所畏惧的，他见过真实的玛丽是什么样子的，而埃里克认识的玛丽也许只是一个有钱又固执的小女孩。

"我就是知道。你去提醒其他人集合，我去寻找乔尼，现在我们十分需要他。"

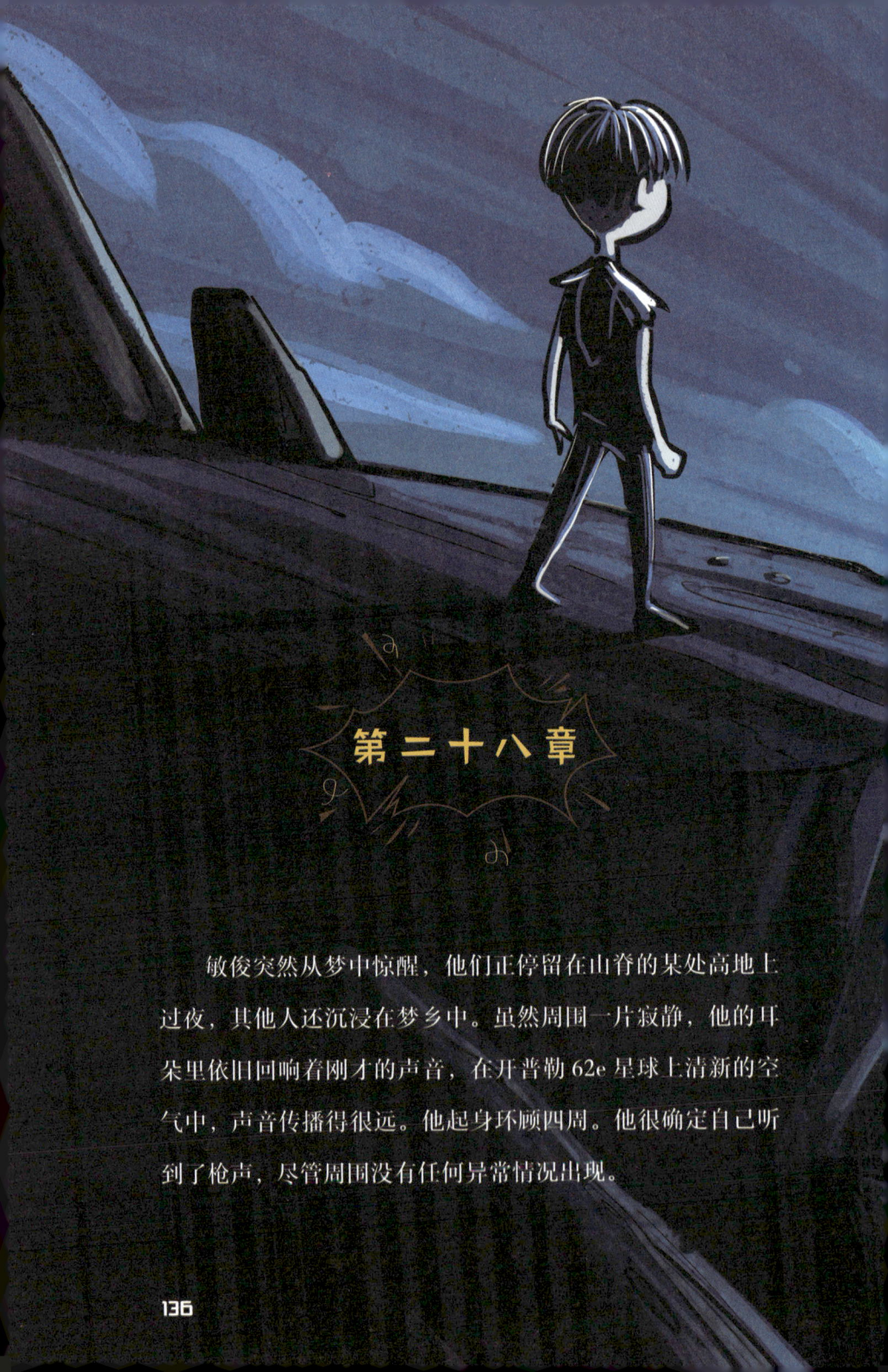

第二十八章

　　敏俊突然从梦中惊醒，他们正停留在山脊的某处高地上过夜，其他人还沉浸在梦乡中。虽然周围一片寂静，他的耳朵里依旧回响着刚才的声音，在开普勒 62e 星球上清新的空气中，声音传播得很远。他起身环顾四周。他很确定自己听到了枪声，尽管周围没有任何异常情况出现。

他低头看向山脚下的平原，发现飞船周围有一圈明亮的点状光环。看来有人点亮了飞船上的指示灯，但是为什么在深夜点亮这些灯？难道飞船要启程了吗？

他叫醒了斯温特莱纳。

第 二 十 九 章

一 　　乔尼在黑暗中醒来，这种黑暗不是黑色天鹅绒般柔软的夜色，而是一片漆黑。他的身体被捆绑得紧紧的，能够自由移动的只有一对眼球。身下的地面坚硬平坦。直觉告诉他，他所在的空间是个封闭的密室。

　　"你好。"乔尼小心翼翼地打招呼。声音听起来闷闷的，没有回音。洞穴。这里很有可能是一个被堵住洞口的山洞。因为他感觉不到任何气流的流动，只有无边无尽的黑暗。

　　乔尼闭上眼睛，努力放松自己的身体。就像他之前学会的那样，他试图在视网膜上寻找生命体内的能量流动。一开始他没有任何发现，然后在他左边的某个地方出现了一条浅蓝色的细线。它的跳动是如此微弱，乔尼推断它接近死亡的边缘。低语者。这一定是之前来找他的低语者。是他把低语者吸引到这里，落入了陷阱。这个想法猛烈地撞击他的脑海。乔尼把眼睛睁得大大的，几乎喘不过气来。随即另一个念头闪过他的脑海：有危险！他必须警告每一个人！他回忆起自己在昏倒前，在岩石的后方看见了一个模糊的身影。有人把他和低语者抓起来关进洞穴，这一定是有原因的。可怕的事情正在发生。

乔尼试图挣脱自己身上的束缚，获得自由。他在坚硬的地面上艰难地挪动着，想要寻找可以割断绳索的锋利的东西，但是一无所获。白费了一番力气后，他累得上气不接下气。

"使用我吧。"

声音在乔尼的脑海中响起。声音极其微弱,乔尼好不容易才听清,然而他还是分辨出来这是低语者的声音。

"我应该怎么做?"

"拯救。"

"我应该拯救谁?"

"所有人。"

"可我做不到,我被绳子绑住了。"

"拿走……"

"我的……"

"生命……"

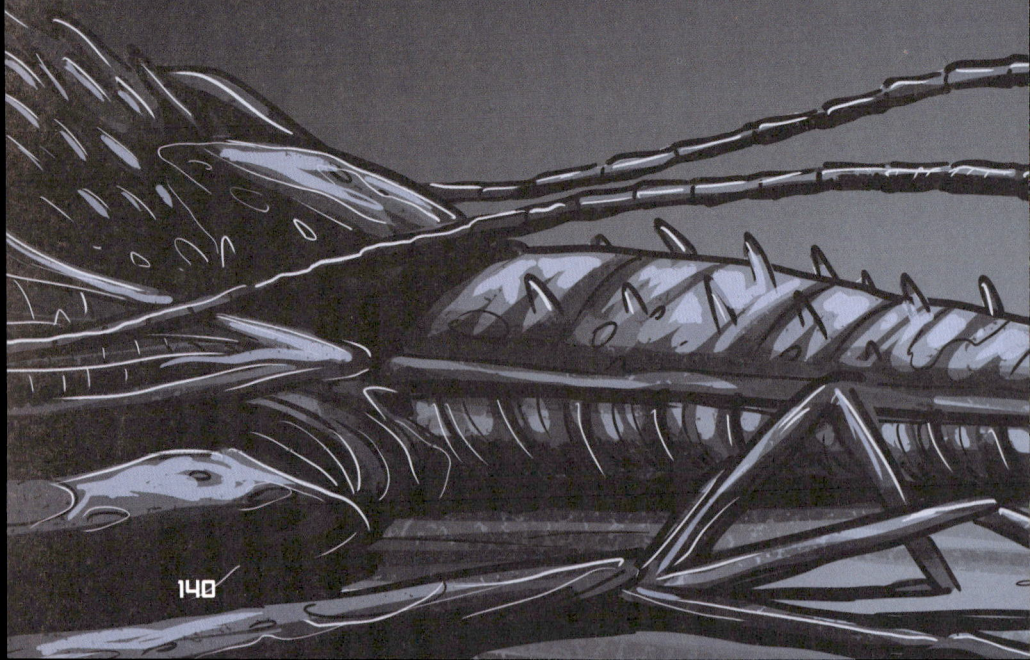

低语者献出了它的生命——代表着它体内能量流动的那条浅蓝色细线，乔尼可以用它来使自己重获自由，并且打开洞穴的出口。

"不，"乔尼冲着黑暗说道，"我不会做这样的事，我不想这么做。"

然而为时已晚，低语者生命的溪流已经破碎成一滴滴水珠，落入宇宙的尘埃中。

"对不起，我又伤害了你们，"乔尼小声说道，"我不是故意的。"

就在这时，他听见了奇怪的声音。某个沉重的东西被沿着地面拖拽，洞穴的后方亮起了一道孤独的光，乔尼像溺水者看见了救生圈一样，过了一会儿他才意识到自己一直在盯着这道光芒。然后他感觉到有一个钢丝球在摩擦他的脸颊。

"希望，快停下！你要把我的脸弄破了。"乔尼喊道。

"你还好吗？"黑暗中的某处传来X的声音。

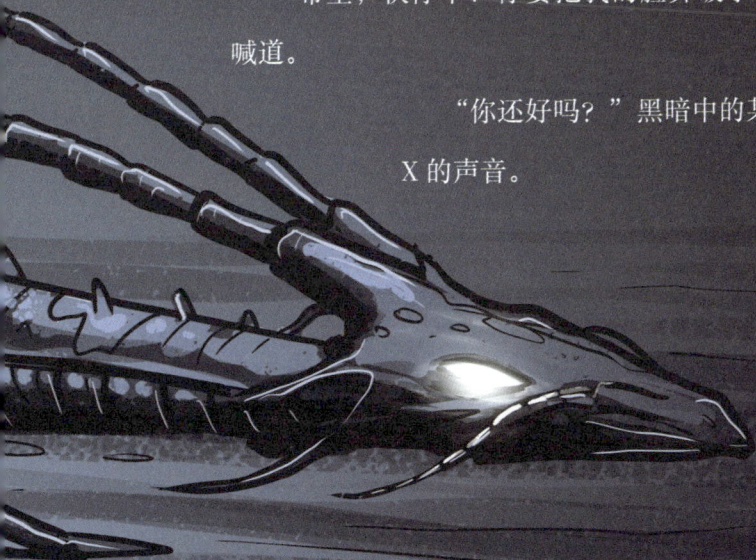

第三十章

祭坛。这是一座高大的建筑物，正沐浴在明亮的灯光下。玛丽想不到用其他的词语来为它命名。它是由丽萨的"蚂蚁军队"从飞船上运输过来的东西建造而成的。他们现在距离飞船不到一千米。飞船在不远处发出明亮的光，看起来更像一只准备跳跃的巨型昆虫，但是这种跳跃永远不会完成。

玛丽被守卫们推到了建筑物的底部，一架轻便的梯子倚靠在建筑物的另一边，玛丽被命令沿着梯子爬上去。最后，他们停在了距离地面四五米的地方。这里有一个宽敞的舞台，中间竖立着一根图腾柱。直到玛丽抬头看向柱子的顶端，她才发现柱子的最上方雕刻着一张粗糙丑陋的脸。玛丽不需要看第二次便知道这张脸代表着谁。

"可笑的小丑，这……"

丽萨用力地把这个比自己高一头的女孩推过去，玛丽的脑袋一下子撞到了柱子。

"绑住她！"丽萨命令道。

瑞秋向一边的守卫点点头。守卫们听话地一拥而上。尽管玛丽使劲挣扎、怒吼，但她还是像一只弱小的鸡崽一样被绑在图腾柱上。她意识到自己的抵抗是徒劳的，她决定保存体力。

丽萨的嘴角挂着一抹危险的微笑，审视着眼前这一切。她显然非常高兴。卡斯伯站在她的身后，看起来一如往常的平静和开朗，仿佛这只是一场有趣的游戏。丽萨靠近卡斯伯，指了指自己的脸颊，男孩顺从地轻吻上去。

"好吧，"玛丽尽量让自己的声音变得和缓，"现在应该到了故事中的经典环节：当疯狂的科学家向受害者揭露她的真正计划时，这个受害者会以不可思议的方式获救。"

丽萨向后仰起头，朝着夜空号叫。然后她、卡斯伯和其他人走下梯子，消失在了灯光照射不到的某个地方。

第 三 十 一 章

　　乔尼和 X 看着低语者的尸体，现在它看起来只是一副空壳。乔尼跪倒在地，把头靠在低语者的尸体上，哭了起来。就连希望似乎都能理解他的悲伤，以一种尊敬的姿势趴在地上，耳朵高高竖起，如同古埃及金字塔旁的狮身人面像一样，守护着死者的安宁。

　　"再见。"乔尼轻轻地抚摸着低语者身上坚硬的盔甲，然后起身冲 X 点了点头。

　　两个人合力将原来堵在洞口的石头推了回去，这样外面的人几乎很难注意到这里有个山洞。

　　"它可以安静地在这里长眠了。" X 的声音明显哽咽了一下。"我们必须赶紧下山。不久前我听见了枪声。一定有事情发生了。" X 继续说道，却始终躲避着乔尼的目光。乔尼

没有立刻回答，而是举起手示意自己需要一些时间思考。他看起来若有所思。X 沉默了，把手放在希望的颈部，抚摸着上面的毛发。这已经成为一种习惯、一种冥想仪式，这样做能使她躁动不安的心慢慢平静下来。她吓坏了，非常害怕，对自己的所作所为感到恐惧。

"奥利维亚，我猜是她，是她在背后策划一切。我们必须在她做更多的坏事之前抓住她。"乔尼思考过后说道。

X 默默地点头，然后看向男孩。乔尼大大的眼睛里充满了痛苦和悲伤。X 迎上他的目光，再也承受不住这一切。

"是我做的。"

乔尼看着他的朋友，皱起了眉头。X 脸色苍白，浑身不安地颤抖着，这一点儿也不像她。

"我……得到了……指示。"

"指示？什么见鬼的指示？谁给你的？"

"不要打断我，求你了，否则我可能无法继续说下去。"

乔尼点点头。

"我收到的命令是，抓住低语者并且把它带回地球。它需要能量，需要低语者的力量。"

"谁需要？"乔尼问道。

"人工智能，AI，天蝎，谁知道现在它叫什么名字呢。"

"你答应过我再也不会和他们联系了。"

"我是被逼的，我也没办法。你一定要相信我。"X恳求道。

"可是地球上已经有低语者了，玛丽在51区见到过。"

"我不知道，或许地球上的那只已经死了，就像地上躺着的这只，或者发生了其他的事情……"

乔尼深深地叹了口气。X小心翼翼地举起了手。

"我还没有说完。天蝎答应我，如果我把低语者带回地球，它就会放了我的妹妹们。这就是为什么我让你寻求低语者的帮助，以便于我能够……发生了这样的事情，我感到非常抱歉。这不是我的本意……"

"那你为什么要杀掉它呢？"

乔尼实在无法理解，他的朋友，这个他愿意托付生命的女孩，竟然以世界上最糟糕的方式背叛了他。这真是令人难以置信。

"我真的不是故意的……它……我只是用绳索套住了它，把绳子绑在它身上，一根细细的绳子。"

"我感觉到了，"乔尼静静地说道，"就像有一根长矛刺穿了我的心脏，我们都感觉到了。"

"我不明白你在说什么。"

"我是个体，我是一切。"

"我还是不明白……"

"没关系，这本来就无法理解。所有的低语者都有相同的能量流动，也就是同样的溪流。但是它们又是不同的个体。出于某种原因，我成了它们中的一部分，但我和它们又是不同的存在。它们的行为与人类不同，它们的感知与人类不同，它们的生命是脆弱的，但是心灵却比这个宇宙中的其他任何东西都要强大。然而，它们经不起囚禁，一根绳子也能杀死它们。别问这是为什么。"

"你……你也是低语者吗？"X问道。

"不是，我仍旧是乔尼。但是在某种程度上，虽然我也无法理解，我和它们分享着同一股流动的能量。"

X尊敬地看着男孩，与此同时，巨大的紧张感正压迫着她的内心，几乎让她无法呼吸。

"我想让你知道，我永远无法狠下心来做这样的事。真的不会。我本来想释放低语者，当然还有你。在我抓住你们之后我就后悔了。当我看见低语者死在山洞里……我……我知道就算把这个星球上所有的低语者带回地球，天蝎也不会释放我的妹妹们。我必须自己想办法救她们，我还不知道该怎么做，不过这是我的责任。"

"你脑袋里的芯片怎么办？"乔尼问道。

"没有芯片。否则的话，你会看见我眼睛里的闪光。但是，那个闪光它并不存在，不是吗？所以我的脑袋里没有芯片。穿着灰衣服的男人失败了。他们就要动手的时候，我逃跑了。这意味着人工智能也不是万无一失的。目前它必须借助人类才能发挥作用，正因如此我们才有机会战胜它。等我们回到地球上之后，我们……"

话说到一半，X停了下来。直到现在她才意识到，自己的所作所为已经摧毁了一切：信任，友谊，返回地球的机会。乔尼一定对她非常生气，他会恨她，并且永远都不会原谅她。她再也没机会回到地球上了。

诡异的沉默在两个人之间蔓延。乔尼望向X的眼睛，他在那里看见了他想要的东西。

"X，卡特琳娜，你犯了错，非常可怕的错误，但是我依旧相信你，永远。"乔尼小声说道。

X泪流满面。

第三十二章

营地里，阿里和乔尼拥抱了很久。最后阿里先松开手，揉了揉弟弟的头发。

"我很担心你，害怕你出了什么事情。"

"我在山上思考一些事情。"乔尼漫不经心地说道，同时警告般地瞥了身旁的女孩一眼，"X 听说你很担心我，就接我回来了。"

"我们听见了枪声。"阿里说道。

"X 已经告诉我了。这意味着他们的武器可以正常使用了。"乔尼说道。

"这也有可能暗示着别的东西。"阿里小声说道。

"你的意思是……"恐惧的表情在乔尼的脸上蔓延开来，"玛丽她……那枪声……？"

阿里没有回答。此刻不需要言语，因为他们每个人都这么想。

"我去吧。我知道丽萨喜欢我，至少曾经喜欢过。或许她还会听我的话。"乔尼说道。

"那我也一起去吧。"X说道。乔尼听见X的语气，意识到反对是没有用的。

阿里什么都没有说，他也无须再开口。

第三十三章

即使距离这么远，玛丽也清楚地听到了那个声音——闷闷的嗡嗡声。盖亚底部的舱口慢慢打开，从中伸出如同昆虫的毒刺一样致命的东西——妙尔尼尔。它慢慢地转动，直到它的尖端指向玛丽所在的平台和与她绑在一起的图腾柱。

处决。她将在黎明时分被人类历史上最可怕的武器杀死。一门巨大的电磁炮会把她轰炸成无数原子，同时在宇宙中打一个大洞。这简直不可理喻。用一把冲锋枪就可以解决掉她，为什么要这么大动干戈呢？甚至随手从地上捡起一根木棍都足以解决她了。

　　她站在初升的太阳下，像一只待宰的羔羊，脑海里思绪翻涌。这件事从头到尾都让她无法理解。丽萨和她的信徒们在她愚蠢地送上门来之前就已经调试好大炮并准备使用它了。如果整场演出是专门为她安排的，要是她没有主动上门的话，他们会在稍晚的时候去营地里接她，还是有其他计划——更大的、更可怕的、更疯狂的计划？玛丽越想越笃定自己只是这场演出中的配角。他们真正准备攻击什么呢？或者说攻击谁？

　　"我给你松绑。"一个轻柔的声音在玛丽身后说道。她立刻听出了这个声音。一个小男孩，他经过神经改造后成了父亲的侍从。救援。玛丽意识到她不自觉地露出了微笑，尽管她没有这样做的理由。永远都不要放弃希望，总会有奇迹般的可能性出现。现在对玛丽来说，这个男孩就是唯一的可能性的化身。她准备好立刻逃跑，然后告诉营地里的所有人飞船上发生的事。一切都还有救。

"快点儿，再快一些！"

她清楚地感觉到身后的绳子在扭动。她试图用双手打开已经拉紧的结，但是不行，绳子依旧紧紧地缠在她的身体上。

"找最外面的那个结，最后系上的结。"

呼，她觉得自己浑身发抖，脑海里绷紧的那根弦几乎要断了。

玛丽紧盯着飞船周围的动静，她看见一个长长的队伍沿着起落架上的阶梯走下。他们准备好了，他们就要来了。不管即将发生什么，那都是下一秒的事。

　　"快好了吗？"

　　没有回答。只有越来越大的粗喘声和越来越绝望的颤抖。

　　队伍走到图腾柱附近。玛丽终于看清了丽萨，她走在队伍的最前方，手上拿着一面旗帜。玛丽隐约看见上面写着"KTA"这几个字母。其他人虔诚而安静地跟在丽萨的身后。一幅宗教游行的画面自然而然地浮现在玛丽的脑海里。

　　"喂。"玛丽小声道。

　　"什么？"

"你快跑吧，先救你自己，现在已经来不及了。"

"但是……"

"快跑！"

就这样吧。

第三十四章

他们在图腾柱下方围成一个半圆形。这是一群表情严肃的年轻人，其中一部分人随身携带着冲锋枪。丽萨、卡斯伯和瑞秋已经沿着梯子爬到了玛丽所在的舞台上。丽萨披着一件由某种动物的皮毛缝制而成的深色斗篷。玛丽走神地想着这是用强盗兔的皮做的还是用其他动物的皮做的。它散发着一股恶臭，那是死亡的味道。

丽萨走到舞台边缘，看着底下的观众，嘴角挂着熟悉而诡异的微笑。她举起双手，漆黑的眼眸里闪烁着火光。台下的信徒们跟随着她的动作，举起了双手。

"时间已到！"丽萨喊道。

"已到！"观众们像疯狂的回声一样重复着。

"伟大的瓦利为永生！"

"永生！"信徒们跟着喊道。

"他将再次降临！"

"降临！"

"打开大门！"丽萨的声音颤抖。

"打开！"

"赞美伟大的瓦利为！"

"赞美他！"

"以伟大的瓦利为的名义！"丽萨停了下来，低下头。

"妙尔尼尔！"

被绑成稻草人一样的玛丽听着他们激烈的呼喊声，她不明白其中任何一句话的意思。然而，她或多或少地意识到这帮疯子的计划和她父亲的死有关。

"不要听丽萨的！不要相信她！她在骗你们！瓦利为是我的父亲，他已经死了！他再也不会回来了！"玛丽扯着嗓子，尽可能大声地喊道。

忽然变得一片死寂。丽萨的身体僵住了。卡斯伯和瑞秋对视了一眼，然后瑞秋转身举起枪对准了玛丽，威胁她闭嘴。

"不！"丽萨尖细的嗓音如同一把激光刀划破了凝滞的空气，"他一定还活着，他一定会看见这一切！"

瑞秋放下枪，朝玛丽的脸吐了一口唾沫。玛丽没有试图躲避，她凝视着前方，想要与丽萨用眼神交流，但无济于事。丽萨不再看她。

"我们要为瓦利为打开回归的大门！快回到你们的位置

上去！"丽萨命令道。

"你们到底要做什么？你们是怎么计划的？"三人组准备离开舞台时，玛丽冲着他们的背影喊道。卡斯伯停下脚步，重新回到玛丽的身边。

"我们会用大炮打开通往另一个维度的大门，然后邀请瓦利为回来。"他用充满激情的声音说道。现在的这个男孩和玛丽之前认识的完全不同。他看起来变得更加狂热，眼睛里闪烁着奇怪的光芒。

"父亲死在火山爆发里了。他已经死了，再也不会回来了。"玛丽努力地保持平静。

"等我们打开大门，他会从死人的世界回归。"卡斯伯重复道，"而你则要去那个世界。一人换一人，公平的交易，女儿替父亲去。"

"不……"

这个想法实在太荒谬了，玛丽甚至都不需要想办法反驳。"你们在这个星球上打一个洞，相当于把它彻底毁掉。不如去问问奥利维亚吧。她对那门大炮的了解比你们所有人加起来还要多。"

"你忘记了，我曾经是，现在也是盖亚的武器系统工程师。我们都相信这是可行的。我们会打开生与死之间的大门，你去另一边，而他回来。"卡斯伯说道，"再见。"

第三十五章

　　丽萨坐在盖亚的驾驶室里。卡斯伯的双手在控制面板上不安地移动。他核对了数字后输入了密码。

　　"准备好了吗？"丽萨问道。

　　"半个小时后，所有发动机将达到最大功率。之后我们就可以发射了。"

　　"所有人都在飞船上吗？"丽萨继续问道。

　　"大家都在飞船上等待指令。"

　　"伟大的瓦利为，请允许我呼唤您。请让我做您的女儿，而不是那个可耻的叛徒。"丽萨低声说道。

　　"丽萨……"

　　卡斯伯迟疑的声音传入她的耳朵，这使丽萨感到紧张，她无法容忍任何犹豫的存在，现在更不可以。

　　"怎么了？"

　　"我们并不确定发射电磁炮之后会发生什么。如果我不小心弄错了，打开的不是生与死之间的大门，而是一个虫洞，甚至可能是一个黑洞，那么整个星球都会土崩瓦解，我们也会跟着星球一起毁灭。"

丽萨将轻蔑的眼光投向低着头的男孩。她心里清楚，男孩对瓦利为的信仰依然不怎么坚定，她一直希望男孩经她驯服后可以变得更加强大。

"卡斯伯，我知道这一切，这就足够了。"

卡斯伯羞愧地把头压得更低了。

发射倒计时
29 分钟

"给我看看那个叛徒现在的样子，我想看到她恐惧的模样。让我看看那个傲慢自大的有钱的臭丫头是怎么求饶的。"

卡斯伯伸手去碰控制面板，启动了放置在飞船最前方的摄像头。他调整了画面，显示屏上立刻出现了一个大大的舞台，玛丽还被绑在上面。但是她并不孤单。

"什么鬼……"丽萨俯身凑近仔细看了看。玛丽的脚下有一个盘腿坐着的男孩，男孩的旁边趴着一头巨大的影狮。影狮昂首挺立，威风凛凛。舞台上还有其他人。丽萨认出了阿里和那个始终背着长矛的奇怪的女孩。她愤怒地大叫了一声，然后冲出了驾驶室。

　　"怎么了？嘿，你要去哪儿？"卡斯伯急忙问道，但他没有得到回应。片刻之后，他从驾驶室的监视器中看见丽萨走下飞船，朝着玛丽所在的舞台跑去。

　　玛丽、乔尼、阿里、X和希望，他们的目光跟随着那个从飞船方向奔跑过来的身影。她身后的披风在空中飞舞，使她看起来就像一个卡通人物。

　　X正在用长矛上的匕首割玛丽身上的绳子。当丽萨来到他们面前时，他们所有人在舞台上站成了一个弧形，除了乔尼——他仍然闭着眼睛坐在正中间。

　　"你们这群疯子，赶紧从这里离开，"丽萨喊道，"除了玛丽！这和你们没有任何关系！"

　　"丽萨，就到这里结束吧。我们可以原谅你之前所做的一切。"阿里用尽可能柔和的声音安抚女孩道。

"原谅？我没有做过任何需要你们原谅的事。"丽萨愤愤不平地反驳道，"等我们发射大炮的时候，你们其他人都可以到飞船上安全地躲避，只有一个条件，玛丽必须留在这里。"

"希望！"X叫了一声，希望立刻做好战斗准备，它身子伏低，嘴巴咧开，露出雪白的獠牙。"我只要说一个字，下一秒它就会撕开你的喉咙，你甚至来不及向你的瓦利为祈祷。"X平静地对丽萨说道。

"这威胁对我没用。我才不会怕这个猫和狗的杂种。不管我发生什么，卡斯伯都会发射大炮。"丽萨带着胜利的口吻说道。"你们只有不到十五分钟的时间恢复理智，跟着我离开。"她冷静地说道，然后转身准备回到飞船上。

"丽萨！"声音在空中回荡。

女孩停下脚步，转身看见玛丽他们所在的舞台后方出现了奥利维亚的身影，以及跟在她后面的其他人：埃里克、半人半饼干05、乔、马格达、阿尔弗雷德和玛丽营地的其他居民。

"丽萨！"这一次，声音从另外一个方向传来。从舞台右侧走来的是斯温特莱纳、阿里和乔尼兄弟俩的妈妈、敏俊，以及乔尼和阿里营地的其他居民。在完全寂静的氛围中，两个营地在舞台的前方会合、站定。他们都看向前方披着毛皮斗篷的女孩。丽萨第一次显得犹豫不决。

"乔把你的计划告诉我们了。"奥利维亚说道，"丽萨，千万不要。一旦命令发出，它的力量是无法控制的，超乎你的想象。你正在摧毁整个星球和这里的一切。"

丽萨看着出现在她面前的表情严肃的人们。队伍中传来明显的抽泣声。有的人则看起来满脸带着威胁。丽萨紧张地笑了笑。

"你们自己选择吧。"她说完后再次转身背对着他们，准备离开。

"丽萨！"

这一次的声音不同，是命令的语气。

丽萨回头看见奥利维亚用枪对准了她。

"我警告你！如果你再迈出一步，我就开枪了。我绝对不会犹豫。"

"这是你的选择。我再说一遍，在我们打开生与死之间的大门的时候，你们都可以加入我的队伍，回到飞船上躲避。所有人，除了玛丽。来吧，让我带领你们走向救赎的道路。我会把这个叛徒送入地狱，并邀请伟大的瓦利为重新回到这个世界。他会带领我们走向天堂。"

没有任何回应。所有人都难以置信地盯着站在面前的丽萨，心里怒火丛生。

"好吧。"丽萨说完，向着盖亚的方向跑去。

奥利维亚举起手枪瞄准她的背部。

"不，"身后传来乔尼平静的声音，"放下枪。"

第 三 十 六 章

"我们不可以逃跑吗？"

提问的是乔，一个看起来总是有点儿迷茫的男孩。

"这并没有任何用处。"奥利维亚沉重地答道。

"佀是我们可以跑到那艘飞船上去。那个时候至少我们不是大炮直接瞄准的目标。"一个克隆男孩提议道。

作为回应，奥利维亚指向丽萨所在的飞船。他们眼睁睁地看着几十名全副武装的守卫走下飞船，单膝跪在地上，肩上扛着的冲锋枪对准了他们。

"只要我们有任何动作，他们就会开枪。"阿里说。

"那跑进森林里躲着呢？"乔的提议满是孩子气。

"如果我听说的关于那门大炮的信息是正确的，即使你跑到千里之外，与待在原地也没有什么区别。"奥利维亚叹了口气。

"乔尼，"玛丽来到仍然坐在舞台上的男孩旁边，"快请低语者帮忙！如果你能联系上它们的话，现在是时候了。"

乔尼睁开眼睛，面无表情地看向女孩，仿佛她在说一门听不懂的外语。

"我在被绑到柱子上的时候，尝试过联系它们。我尝试的次数比我尝试做其他事情的次数都要多。但是它们没有回应我。我也不知道……或许我和它们失去了联系。"玛丽继续小声说道，可是乔尼再次闭上了眼睛。

"希望这会有所帮助，无论你在做什么。"玛丽心里想道。

兄弟俩的妈妈把队伍中年龄较小的孩子聚集到身边，她让孩子们乖乖地坐在她旁边，开始给他们讲三只小猪的故事。

"什么是小猪呢？"其中一个孩子问道。

"是三只强盗兔的故事，忘记我刚才说的小猪。"兄弟俩的妈妈微笑着纠正道。孩子们认真地点了点头。他们已经忘记了在地球上的生活，把这个星球当成自己真正的家园了。

剩下的第一批"先行者"，玛丽、阿里、敏俊和斯温特莱纳站在一起，而乔尼仍然沉默地坐在地上，一动不动。

"你们认为，她真的会……"阿里不安地瞥了一眼盖亚，它就像一只随时准备吐出毒液的巨型昆虫。

其他人也不知道答案。他们刚刚都目睹了丽萨的疯狂，看见了她眼中的狂热，听见了她嘴中不可理喻的预言。然而，他们都还抱有一丝丝希望和幻想，认为丽萨只是在威胁他们。他们无法相信，真的会有人因为这样一个疯狂的想法而准备毁灭一个星球。生与死之间的大门永远都是关闭着的，不管用什么样的大炮攻击都没有用。

"一开始的时候，我们是那么害怕这个陌生的星球和它的原始居民，"斯温特莱纳说道，"相反，我们本应该更加害怕自己。"

第三十七章

卡斯伯把手放到控制面板的触摸屏上。奇怪的是，人类社会历史上，甚至是宇宙中最强大的武器就是通过这样一个小小的触摸屏发射出来的，就像调整房间里的亮度或者调节热水器的水温一样简单。当然，卡斯伯在此之前输入了一堆代码，然后经历了无数次验证，现在只剩下最后一步，他必须将两根食指同时放在屏幕上方的两个不同的光点上。

阿里、X、斯温特莱纳和玛丽互相拥抱着彼此。兄弟俩的妈妈继续给孩子们讲故事。其他人则站着或坐着。有些人开始唱歌，还有一小撮人躲进了森林。一部分人开始向远古时代的神灵祈祷，也有人在祈求低语者的庇佑。

发射倒计时 1 分钟

59

58

57

56

55

54

53

52

51

50

49

48

47

46

世界末日到了，这就是他目前的感觉。阿里的脑海里闪过无数他还没有来得及尝试的事情。他很想看雪，然后捏一个大大的雪球砸向乔尼。他还想再吃一次地球上的鱼罐头。他还想再和乔尼一起放风筝。他还想再抱一抱妈妈。他想……阿里抓住玛丽的手，用力握紧。玛丽捏了一下男孩的手，装作若无其事的样子。阿里看了埃里克一眼，恰好对上他的目光。埃里克点点头，然后收回视线看向天空。

　　"我们还可以……"

　　"安静，我已经感受到他的存在了，他在回归的路上。"

　　卡斯伯飞快地瞥了丽萨一眼，他仍有时间撤销一切动作，并且丽萨对此也无能为力。这个星球和所有人的命运都掌握在他的手中。

最后一次取消的机会

26
25
24
23
22
21
20
19
18
17
16
15
14
13
12

除了乔尼，其他人都抬头看着开普勒 62e 星球上的冰蓝色的天空。玛丽时不时地看向一直坐在地上的男孩。乔尼看起来很专注、平静。低语者。它们一定会在某个时刻到来。玛丽确信，乔尼一定呼唤了低语者，它们会来的。

卡斯伯的食指一直指向空中等待着，现在已经抽筋了。

- 就是现在！天空中突然出现了一片深色的、雾蒙蒙的东西，像一团烟雾。

5
4
3
2
1

发

射！

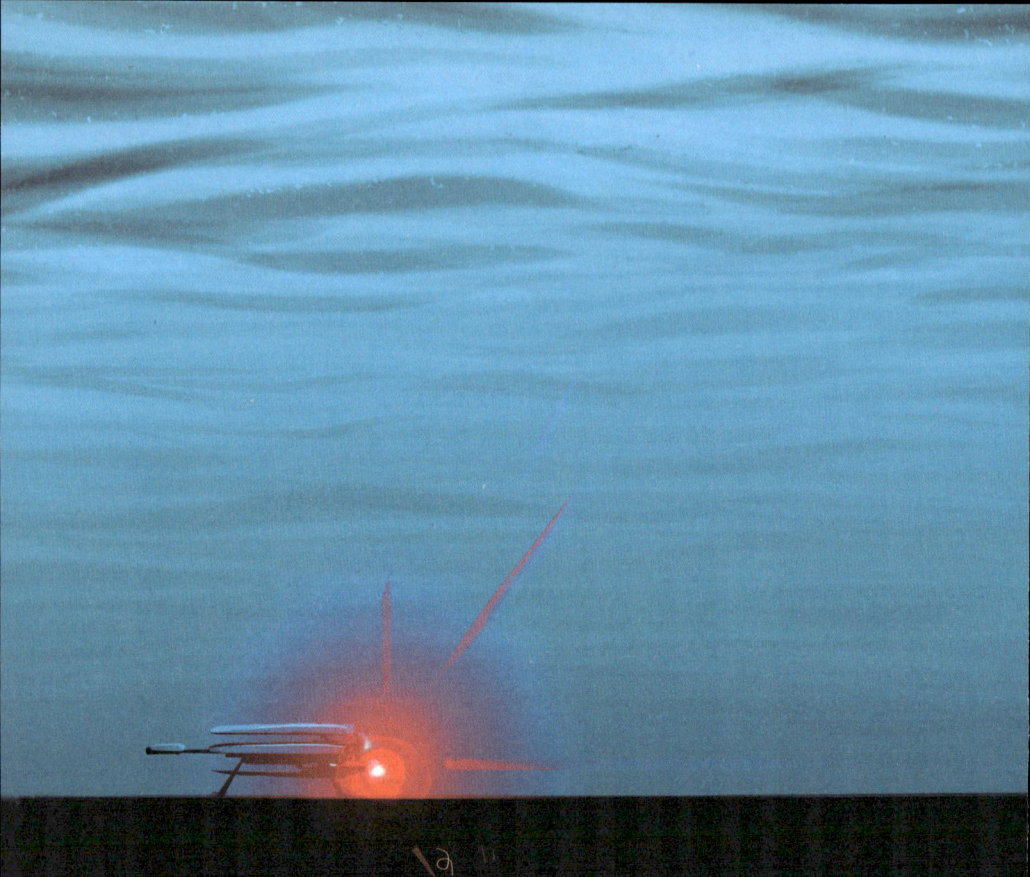

然后有什么东西一闪而过，有点儿像阳光直射到光滑的镜子上，与此同时有什么东西吸走了空气中所有的氧气。玛丽、阿里和其他人拼命吸气，可是肺部的氧气仍然远远不够。"咝——咝——"没有比这更好的象声词了，就像一阵以一千倍的速度刮起的大风席卷而过。可是，此时此刻并没有风。风平浪静。

然后……

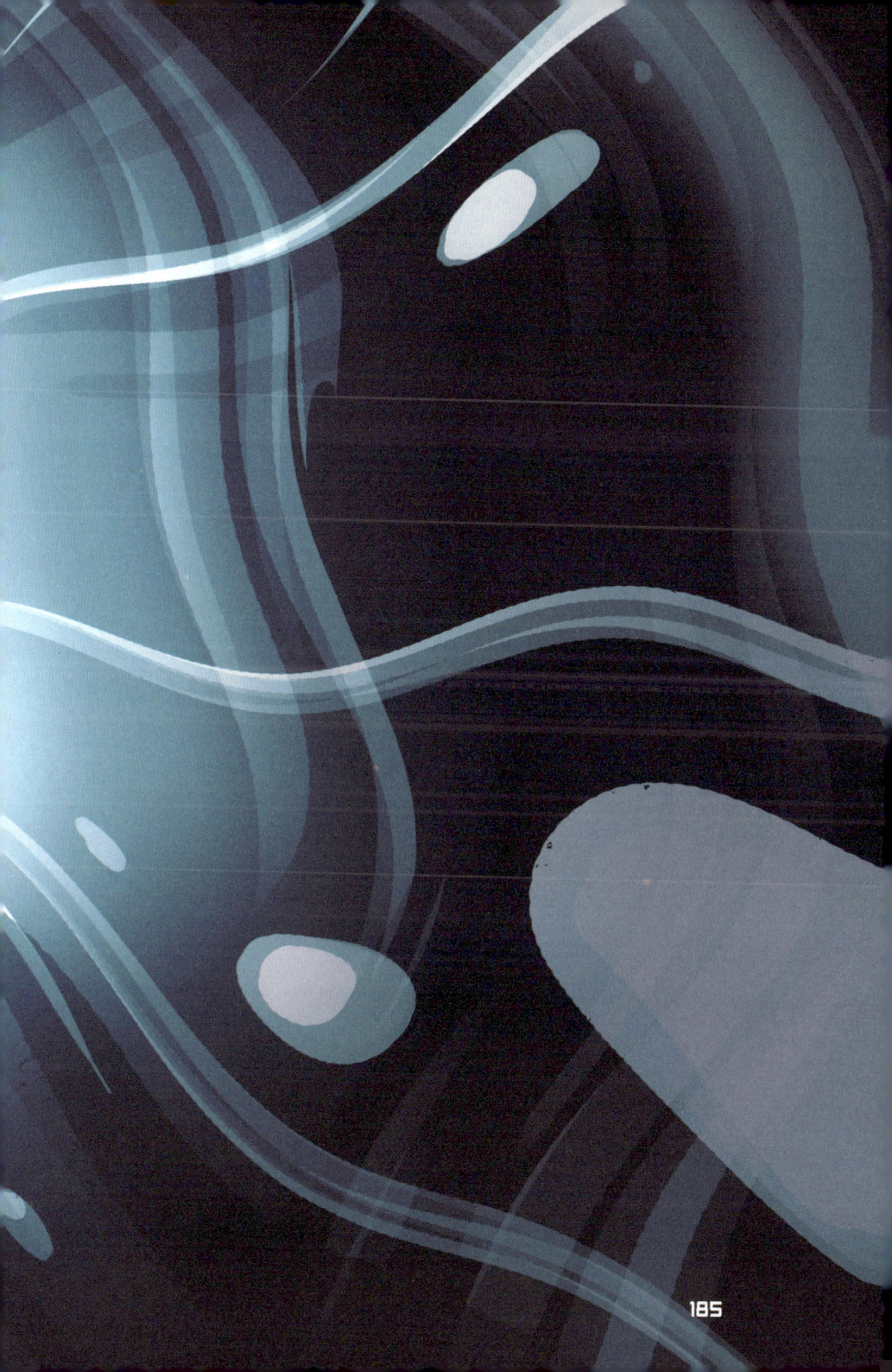

什么也没有。

第三十九章

　　乔尼的心情完全平静下来。周围的声音慢慢减弱，透过紧闭的眼睑他依旧能观察到四周的环境。他感觉到人们心中的不安。他看见人们体内流动的能量变换着颜色，从蓝色变为红色和橙色。他们的心跳越来越快，乔尼仿佛能听见鼓点一般的"咚咚咚"声。然而，乔尼只专注于远处那颗深蓝色能量球的脉动，它即将带来无数死亡和毁灭。

　　他可以尝试摧毁它。他可以试着用武力对抗武力，利用其他植物和动物体内流动的能量对抗这艘飞船。可问题是，如果阻止一场浩大的毁灭是以付出无数其他生命为代价的，那么这还有什么意义呢？

　　只剩下一个选项了。有一条生命他可以无顾忌地牺牲，并且他可以为此负责，那就是他自己的生命。乔尼越来越专注。

　　蓝色的能量球改变了形状，它不断地缩小，最终演变成一

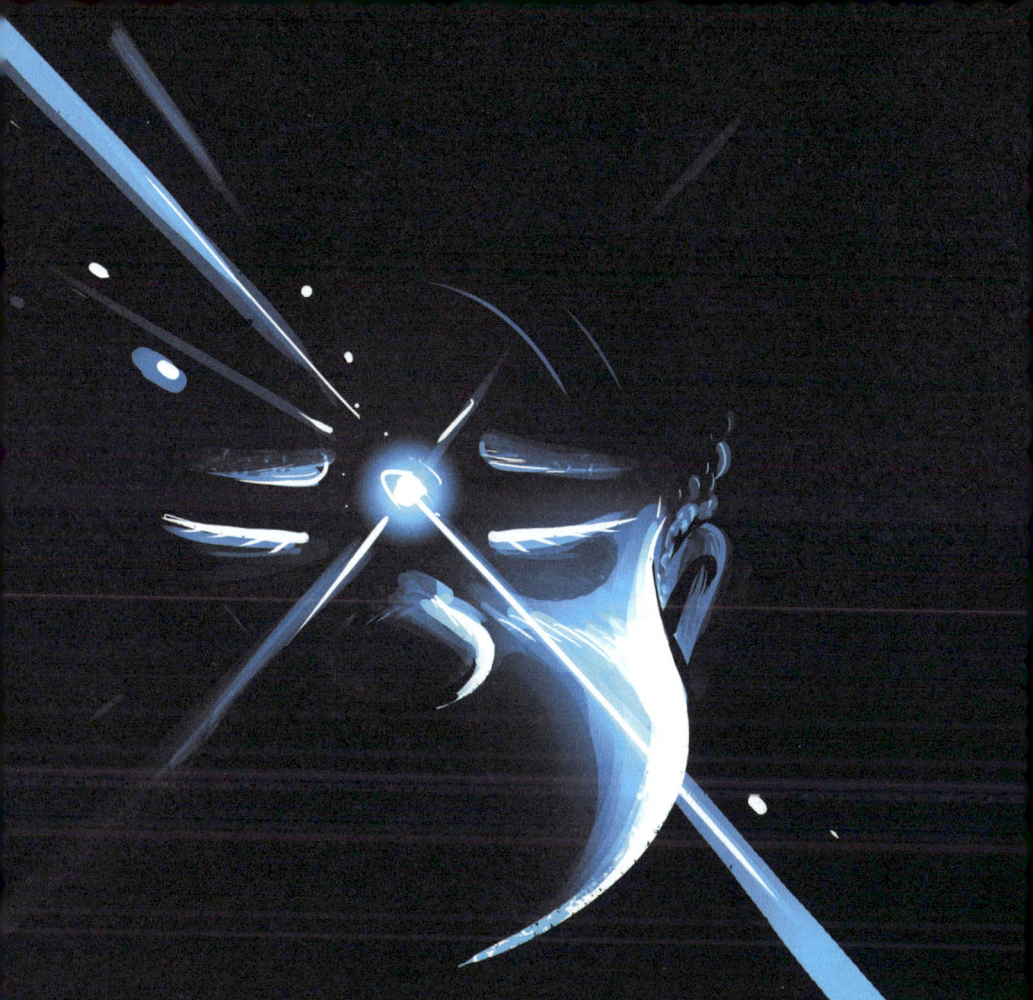

个小小的黑点。很快，它就要爆发。乔尼越来越专注。

突然，乔尼的大脑里涌进了刺眼的光亮，就像有人在清晨拉开卧室的窗帘，早晨明媚的阳光直射进来。他抓着风筝沿着草地奔跑，阿里和妈妈站在一旁微笑地看着他。夏日的微风轻轻地吹拂着五颜六色的长尾龙风筝，他怀里抱着风筝的尾巴。乔尼越来越专注。

闪光来得猝不及防，乔尼的大脑来不及做出反应。虽然乔尼根本没有直视，也感到了眩晕。有一次，他和阿里偶然得到一个破烂的篮球。阿里用力地把篮球扔给了他，他还没来得及举起手接球，篮球就直接飞过来，狠狠地砸在他的脸上。阿里的笑声还回荡在他的耳边。乔尼越来越专注。

　　这一次，他看见了篮筐。此刻，他手中握着的球就像一个微型宇宙。它有一种惊人的美丽，不停地变换颜色。尽管他可以用双手握住它，但是乔尼感到它似乎无限大，无时无刻不在吸引着他，几乎让他迷失在其中。它的诱惑力比其他

任何事物都要强烈。他的内心涌出一种无法抗拒的渴望，想要深入其中，想要融入其中，想要快乐，想要屈服。他的注意力渐渐涣散，手中的球似乎被加热到了上百万摄氏度的高温。它正在燃烧，然后爆炸。

就是现在。

乔尼集中精神，把手中的球高高地扔向天空。

第四十章

　　他们把头向后仰，茫然地注视着天空中的旋涡。那个旋涡看起来像颠倒的龙卷风或者隧道的入口。到处都是带电的爆裂声，他们的头发根根直立，手轻微一动就会感到针扎般的刺痛。真奇怪，他们竟然还活着。妙尔尼尔已经发射了，它发射的能量弹瞄准了他们头顶的天空。

"虫洞。"斯温特莱纳倒吸了一口气说道，"一定是虫洞。"

"但是这怎么可能呢？"奥利维亚惊讶地看向飞船盖亚和妙尔尼尔。

"乔尼！"阿里的尖叫声宛如利箭划破了空气，所有人的注意力都因此转向了蜷缩着身体躺在地上的乔尼。

阿里蹲在乔尼身旁，但当他们的妈妈跑过来把乔尼的脑袋揽进自己的怀里时，他不得不退到一旁。妈妈弯下腰，将脸颊贴在怀中儿子冰冷的脸颊上。

"乔尼，该起床上学了。"似乎有声音从很远的地方传来。乔尼一点儿也不感兴趣。他不想上学，只想躲在被窝里继续睡觉。今天不去上学了吧。不，他再也不想上学了。"乔尼，你要迟到了。""必须去吗？"他听见自己问道。"必须。你的哥哥在等你。""唉，好吧。"

乔尼睁开眼睛。妈妈和阿里凑在他面前看着他。

"好了，好了，我起来了。你们满意了吧，把我从美梦中叫醒。"

第四十一章

"还没有结束。"玛丽提醒了一句,手指向飞船的方向。丽萨和一群携带着武器的守卫沿着阶梯跑下了飞船。他们愤怒的尖叫声一直传到舞台上。有人朝着空气开了枪。这是战斗的号角。

"快跑!快躲起来!"阿里大喊了两声,但是大家还沉浸在刚才发生的事所带来的震惊中,像一尊尊雕塑一样呆立在原地。

"我们站在这儿就相当于靶子。"奥利维亚说完便把唯一的武器——博纳萨手枪扔给玛丽,"咱俩相比,你是个更好的射击手。试着朝丽萨开枪,这能拖延他们的行动。"

玛丽摆好姿势,半蹲着瞄准目标。很快,带领着队伍的丽萨就会进入射程范围内。

这时,白色低语者从天而降,无声无息地降落在他们中间。紧随其后的是数千只黑色巨型低语者,它们仿佛身穿

黑色铠甲的士兵，把盖亚和从飞船上下来的袭击者们围了起来。丽萨停下了脚步。他们听见了她愤愤不平的怒吼声，看见她举起了冲锋枪并扣动了扳机。然而，她信赖的武器并没有发挥作用。其他信徒也试图在这紧密的包围圈里杀出一条路，但是一切努力皆化为徒劳。他们的武器完全失效了。

白色低语者宛如神灵一般，神圣地站在原地，一动不动，只有头上的两根长长的触角平静地移动着，感知周遭的一切。

"天使。"其中一个孩子说道。

“乔尼，告别的时候到了。”

“你们要离开吗？”

“不，是你们。”

“我们？”

“你打开了道路，它会指引你们回家。”

“我们所有人？丽萨呢？”

“所有人。”

“你们赶我们离开。我们失败了吗？”

“无法得知。你的任务尚未开始。”

“可是发射大炮用尽了所有燃料。”

“我们就是燃料。我们可以把你们送上旅程。”

“就像我扔到天上的那颗球？”

“没错。”

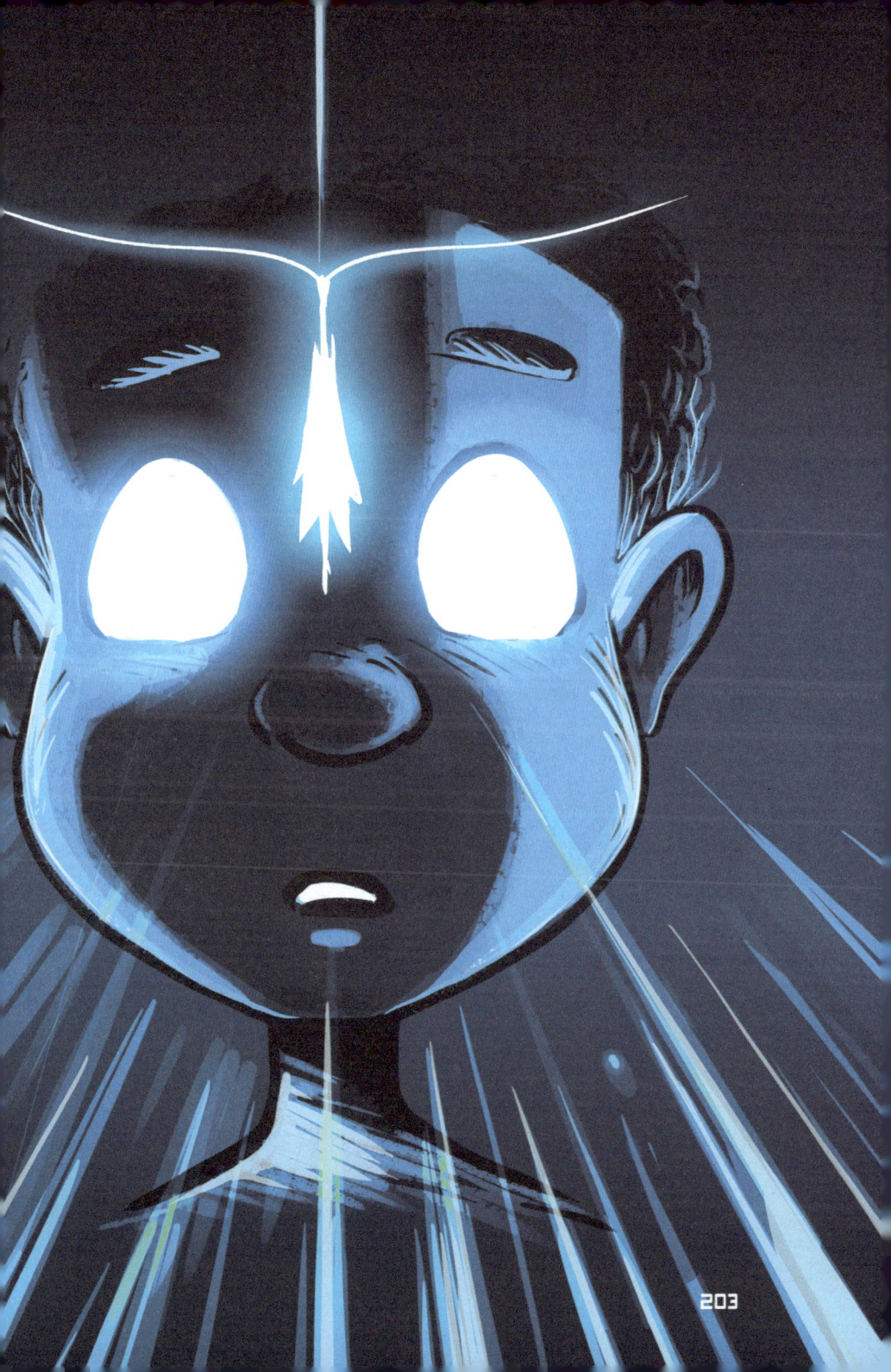

"走吧。"X对影狮希望说道，"去找你的姐姐，留在这里对你们更好。"

　　X直起身，头也不回地向着飞船走去。乔尼像往常一样轻轻地抚摸着希望。

　　"她很爱你，这是她想要告诉你的。"乔尼说。

　　希望仿佛明白了什么似的，大吼一声，然后一跃而起，消失在丛林中。

低语者们站成了两排，中间形成了一个不宽不窄的通道。乔尼他们沿着这条通道登上飞船。沉默的人群里，有背叛者和被背叛的人，有幸福的人和不幸的人，有得到救赎的人和彻底迷失的人，有聪明的人和无知的人，有朋友和敌人。现在是他们回家的时候了，回到等待着他们的地球的怀抱。

"再见，玛丽。"就在她登上飞船的那一刻，一个声音在玛丽的脑海中响起。玛丽像得到了原谅一般，松了口气。

第四十二章

乔尼检查了一下他的口袋。低语者交给他的种子依然被好好地保存在盒子里。

"这是什么？"玛丽问道。

"纪念品。"

"好吧，它们看起来很普通。"玛丽嘟囔着。

"你那台收音机，好吧，不管那个魔鬼发明的是什么东西，它怎么样了？"乔尼向 X 问道。

"我用它发送了消息。"

"你发了消息？"乔尼立刻挑起眉毛。

"我告诉他们，低语者就在飞船上，我们已经出发了。这会确保我们进入地球大气层后，天蝎放我们进去，而不是立刻把我们轰炸掉。"

"这真是个糟糕的惊喜。"乔尼不太确定地说道。

"你就等着瞧吧。"

在其他人的监督下，丽萨和她的队伍首先被关进了休眠舱。紧接着是小孩子和其他人。在围绕飞船的低语者所创造的能量场的支持下，船员们启动了倒计时。

"它们想摆脱我们。"在进入休眠舱前，阿里透过驾驶室

"这没什么奇怪的。想想我们来到这里后带来了多么大
的混乱。"斯温特莱纳平静地说道。

"我们会得到教训吗？"敏俊问道。

"我们必须吸取教训，非如此不可。"乔尼说道，"这是

开普勒

162 **물**